나의 사랑스럽고
지긋지긋한 개들

진연주 소설집

나의 사랑스럽고 지긋지긋한 개들

펴낸날 2022년 6월 10일

지은이 진연주
펴낸이 이광호
주 간 이근혜
편 집 조은혜 김필균 최지인 방원경
펴낸곳 ㈜**文學과知性社**
등록번호 제1993-000098호
주소 04034 서울 마포구 잔다리로7길 18(서교동 377-20)
전화 02) 338-7224
팩스 02) 323-4180(편집) / 02) 338-7221(영업)
전자우편 moonji@moonji.com
홈페이지 www.moonji.com

ⓒ진연주, 2022. Printed in Seoul, Korea

ISBN 978-89-320-4030-1 03810

이 책은 서울특별시, 서울문화재단 '2022년 창작집 발간 지원사업'의 지원을 받아
발간되었습니다.

나의 사랑스럽고
지긋지긋한 개들

진연주 소설집

문학과
지성사

차례

떠도는 음악들

QR코드를 스캔하면 소설 속 음악들을 감상하실 수 있습니다.

홍이삭, 「길을 걷다」

걸었다. 밤이었고 드문드문 불빛이 있었고 어디인지 모
르는 곳이었다. 모르는 곳을 걸었다. 불빛이 빗물에 문드러
져 번질거렸다. 분노에 찬 자가 수성페인트 통을 있는 힘껏
힘을 다해 패대기친 것처럼, 그랬다. 비는 오지 않았다. 그친
지 그리 오래되지는 않았다. 낮이 짧아진 계절에는 비도 오
래 오지 않는다. 비가 오지 않는, 불빛이 번질거리는, 빗물이
고인, 곳을 걸었다. 운동화 끈이 풀렸고, 걸었다. 운동화 끈은
제멋대로 흔들렸다. 발을 내딛을 때마다 위로 솟구쳤다가 가
라앉으며, 형태를 갖추기 전에, 형태를 알 수 없는 형태가 되

기를 반복하며 흔들렸다. 어깨가 무거워지고, 무겁게 느껴지고, 처졌다. 등이 뻣뻣해졌다. 곧게가 아니라 둥글게 말린 상태로, 마비가 진행되는 것처럼 서, 서, 히, 굳기 시작했다. 몸에서 무슨 일이 일어나고 있는 것인지, 일어날 것인지에 대해 생각하지 않으며, 몸이 적대적인 장소가 될 가능성에 대해 생각하지 않으며, 걸었다. 두 발은 끊임없이 앞으로 나아갔다. 착한 병사처럼, 생각하지 않으며, 아무런 생각도 키우지 않으며, 나아갔다. 그러다 어느 광장, 어느 골목. 희끗희끗한 무엇이 하늘로부터 내려오기 시작했다. 추워졌다. 추웠다. 그리고 또,

정차식, 「할렐루야」

수난은 계속됐다. 지금은 그냥 좀 앉아 있고 싶다. 햇빛이 쏟아진다. 지금은 정오다. 너는 스무 살이다. 아마 이 벤치였을 것이다. 다른 벤치였는지도 모른다. 그냥 벤치. 어디에나 있는 보편적인. 그냥 벤치. 이번 왕으로 만족해라. 더 나쁜 왕이 올지도 모르니까. 소리 내어 읽는다. 소리 내어 읽는 습관을 버리지 못한다. 그건 라퐁텐. 그렇게 말하는 네가 좋았다. 라퐁텐을 아는 너와 그것을 말하는 너. 너는 스무 살이다. 너

를 처음 만났다. 그냥 벤치에서. 지금은 그냥 좀 앉아 있고 싶다. 바짓가랑이에 실 한 올이 풀려 있는 것을 발견한다. 운동화 끈은 조여 있다. 파란색 모자를 쓴 아이가 달려간다. 저보다 더 빨리 달려가는 공을 잡으려고. 고개를 움찔거리며 연신 손사래를 치는 노인도 있다. 벌을 쫓으려는 몸짓. 이어폰을 낀 채 골몰해 있는, 가끔씩 미간을 찌푸리며, 청년이거나 장년의 남성도 눈에 들어온다. 사소한 표정들과 사소한 기분들. 지금은 그냥 좀 앉아 있고 싶다. 나른한 피로가 뒷목을 간지럽힌다. 지금은 정오다. 오후가 얼마 남지 않았다. 너는 오후만 되면 눈물이 난다고 말했다. 그것은 아버지의 시간이기 때문이라고 말했다. 아버지의 시간, 오후. 긴 설명 없이도, 그렇다고 짧은 설명이 필요한 것도 아닌 채로 그것을 이해한다. 꺾이는 시간, 내려가는 시간, 저무는 시간, 미지근한 시간, 반추의 시간. 매일매일이 더 나빠진다고 너는 말했다. 견디기 힘든 꿈만 계속된다고 말했다. 낙담이 평온하다고 말했다. 기다릴 때마다 오는 것들이 멈추고, 사실 기다림이란 것은 오지 않는다는 것을 아는 데서 시작되는, 그만큼 미련하고 소모적인 것은 아닐까 너는 말했다. 지금은 좀 앉아 있고 싶다.

햇빛이 쏟아진다. 곱슬거리고 생기에 가득 찬 채로 얼굴을 간지럽힌다. 눈을 감는다. 나무의 시선 같은 게 있다면 이

럴 것이라고. 아무것도 없이 빛으로 일렁이는 시선. 따뜻한
시선. 낮과 밤을 버텨낸 자의 시선. 고독은 무(無) 안에 있다
는 것을 알아버린 자의 시선. 지금은 정오다. 더 나쁜 왕이 올
지도 모른다는 불안을 너는 말하지 않는다. 경박하고 유해
한 왕이 너를 망칠지도 모른다는 공포를 말하지 않는다. 말
을 숨겨야 하는 비극을 말하지 않는다. 말하는 입도, 말하지
않는 입도 아름답다. 너는 스무 살이다. 좋은 나이다. 그냥 좋
은 나이. 어떻게 해도 아름다움을 비켜갈 수 없는 나이. 너는
아름답다. 너의 아름다움을 묘사할 방도가 없다. 입은 묘하
게 일그러져 있고 눈꼬리는 길게 찢어져 있다. 양 볼을 가로
막고 있는 코는 우뚝하지만 한쪽으로 휘어 있고 입술은 수
달의 꼬리처럼 가느다랗고 주름으로 뒤덮여 있다. 기형적이
라 할 만하다. 기형. 그것의 낯섦이 자아내는 아름다움을 너
는 지니고 있다. 몸으로 말할 것 같으면, 몸은 보기 좋게 단련
돼 있다. 윤기. 너의 몸을 표현하기에 좋은 단어다. 윤기로 덮
인 몸. 윤기 나는 몸. 윤기가 흐르는 몸. 윤기로 반짝이는 몸.
과도하지 않은 탄력과 지나치지 않은 부드러움. 미세한 근
육 밑에서 고동치는 피. 건강한 성대. 길고 곧은 팔다리. 연어
처럼 붉은 잇몸. 몸통에 적당한 굴곡을 만드는 가슴. 추적하
고 욕망하는 신체. 네 신체에 마음을 빼앗긴다. 온통 빛인, 빛
으로 이루어진 신체. 빛이 지나고 어둠이 당도해서 빛은 오

로지 흔적으로만 남을 뿐이라는 것을, 뚜렷하고 필연적인 변형을 겪을 수밖에 없다는 것을 너에게 알리고 싶다. 거만하고 도도하게. 망가진 너를 상상한다. 너는 스무 살이다. 네 몸에서 시선을 돌려 어떤 한 지점을 뚫어지게 바라본다. 그러나 응시는 아무것도 비춰주지 않는다. 너를 지우려던 계획은 무산된다. 응시는 너를 향해 있다. 지금은 그냥 좀 앉아 있고 싶다. 지금은 오후다. 아버지의 시간. 곧 나의 시간. 그러므로 이것은,

Motopony, 「I'm Here Now」

질투에 관한 이야기이다. 복도는 검다. 음악은 어둡다. 검은 복도에서 어두운 음악이 밀려온다. 릴리투Lilitu. 풍성한 노이즈와 잘게 쪼개진 파편들. 규칙적인 건반. 극대화된 금속음. 카펫처럼 깔리는 첼로. 그 위에 얹혀 있는 미성. 가사가 있거나, 있어도 없는 그냥 목소리. 가늘게 떨고 사라지고 다시 밀려 나와 공간을 팽창시키는 목소리. 그냥 악기. 이국의 언어가 지닌 좋은 점은 그것이 즉물적으로 감각될 수 없다는 것에 있다. 번역기를 돌리는 단계를 거쳐야 비로소 전달되는 무엇. 번역기는 머리로 가슴으로 옮겨 다니지만 늘 있고, 있

어야만 한다. 피부 전체로 스며들어오는 모국어와 달리 하나의 단계를 거쳐야만 머리로든 가슴으로든 들어오는 언어. *말하자면 의자놀이 같은 거야.* 이국의 언어가 음악에 얹힐 때 그것이 다른 악기들에 완벽하게 흡수되는 것은 그 때문일 것이다. *그런데 현실에서는 달라. 의자를 차지하지 못하면 죽어.* 스며들지 않는 말. 말의 무용함. 그것이 음악을 음악 자체로 존재할 수 있게 만드는 힘일지도 모른다. 의미를 지우면서 무한한 의미로 팽창하는 의미들. *현실판 잔혹동화인 셈이야.* 음악이 밀려온다. 물속에 잠겨 무연고의 시체로 남는 상상을 한다. 서서히 굴러가는 석탄 기차를 상상한다. 마약에 중독된 젊은이를 상상한다. 릴리투. 커다란 날개를 펴고, 단속적인 파열음으로 공기를 집어삼키고, 잠자는 남자를 유혹하는 악의 여신, 릴리투를 상상한다. *말하자면 의자놀이 같은 거라니까.* 아무런 가구도 없이 완벽하게 빈방을 상상한다. 그 자체로 거대한 울림통인 방. 서쪽 벽을, 남쪽 벽을, 동과 북의 벽을 어루만지고 튕겨 오르면서 끝없이 슬픈 기억으로 가득 채울 수 있도록. 그러한 방. 그러한 방에서 귀머거리가 된다면. *의자를 차지하지 못하면 죽는다구.* 음악이 끊긴다. 유일하게 완전한 균형을 가져다주던 음악을, 너의 말을 밀어내던 음악을, 그것을 켰던 방식과 동일하게 누군가가 끈다. 고요하다. *현실판 잔혹동화인 셈이야. 알겠어?* 사라지는 것들. 가득 차 있고, 빠져나가는 것들. 결국 아무것도 없음. 그러나 도리 없이 꽉 찬. 충만한 상실감. 체크무늬의 헐렁한 잠옷을 걸치고 창가를 서성여야겠다. 아주 무심한 태도로. 독방에서 목을 매 자살한 늙은이를 떠올리며. *의자를 차지하기 위해서는 누군가를 죽여야 해*. 아직도 음악은,

The Paper Kites, 「St. Clarity」

심장에 있다. 어떤 공간에 들어와 있다. 어떤, 깊숙한 곳. 공기는 습하고 곰팡이 냄새가 코를 찌르는 곳이다. 어딘지 모르게 사람을 불안하게 만드는 구석이 있다. 다행이라면 높은, 높다는 말로는 부족할 정도로 높은, 천장에서 햇빛이 떨어지고 있다는 것이다. 햇빛은 아래로 내려오면서 원추형으로 퍼진다. 연극하는 자의 독백 위로 떨어지는 빛이다. 그 빛 아래 있다. 잊는 게 사는 데 도움이 돼요,라고 말할 수도 있고 당신이 내 안에서 살지 못하도록 말입니다,라고 말할 수도 있고 잠에 빠져드는 순간을 알지 못합니다,라고 말할 수도 있고 거기에 덧붙여 잠에 빠져드는 순간을 온전히 갖지 못해요, 대체 내가 가질 수 있는 것은 무엇이겠습니까,라고 말할 수도 있는 연극하는 자의 독백. 그것이 무엇이 됐든 독

백은 나약하다. 가닿지 못하는 것들이 지니는 필연적인 침묵과 우울 같은 것. 방사형으로 퍼지는 추측들과, 그 무성한 추측들로 인해 생겨나는 의심의 파노라마. 의심은 대개 스스로를 무용한 광기로 유인당하게 내버려둔다. 그럴듯한 이유와 당위를 만들어내고 끊임없이 복제하며, 결국에는 그것이 사실 또는 진실이라고 믿어버리며, 고지식한 고통 속에 스스로를 몰아넣는 것. 사랑이 의심의 품에서 바스라지기 쉬운 건 이 때문일 것이다. 나이와 비례하여 관계가 얄팍해지는 것도 이 때문일 것이다. 자기 자신을 상대로 의심하고 사기를 치는 일. 자기 자신이 가장 큰 피해자가 되는 일.

이곳은 지상일까 지하일까. 햇빛이 이토록 희뿌연 것을 보면 지하일 것이다. 그럴 것이다. 지하라면 어느 정도로 깊은 것일까. 햇빛이 닿을 수 있을 정도의 깊이라면, 어느 정도의 깊이일까. 이곳은 상상할 수 없을 정도로 늙어서 지나치게 새로운 세계 같다. 그러니까 신세계. 신세계를 안다. 타이완의 어디라고 했다. 아무도 그곳을 모른다. 최초의 목격자이자 최후의 목격자는 그곳의 좌표를 일러줄 테니 이메일을 보내라고 했다. 보내지 않았다. 망설였지만, 결국 보내지 못했다. 목격자에 대한 정보도 없었고, 그렇다면 그에 대한 의심 때문이었을까, 그곳에 정말 가고 싶은 것인가에 대한 확신도 없었고, 가고 싶었을까, 왜?

쇼핑몰로 사용됐던 건축물. 화재와, 화재를 진압하기 위해 쏟아진 수천 톤의 물. 엘리베이터와 에스컬레이터와 수많은 배관과 전깃줄과 물건들을 휩쓸고 삼키며 쏟아진 물. 물줄기. 폭포. 이윽고, 기어코, 잠잠해진 물. 그리고 언제인지 모를 어느 순간, 비단잉어와 메기가 건물을 차지했다. 최초의 물고기는 무엇이었을까. 찾을 수 있을까. 깃털 같은 것이 날아들어 물고기가 되지는 않았을까. 목숨이란 그런 것이니까. 자연이란 것은 애초에 기적이었으니까. 이끼가 벽을 타고 오른다. 대리석이나 죽은 나무나 금속이나 가리지 않고 공평하게 이끼를 키운다. 떨어진 이끼가 플랑크톤이 되고, 물고기는 먹고 번식한다. 그리하여 마침내 거대한 수족관이 완성된다. 아니, 해양. 마침내 완성된 거대한 해양. 도심에서 살아남은, 살아서 움직이는, 해양. 물고기들이 이끼로 뒤덮인 에스컬레이터 밑을 유유히 헤엄쳐 다닌다. 물을 먹어 검은 콘크리트 기둥 밑을 헤엄쳐 다닌다. 녹슨 기둥 밑을, 삐죽삐죽 튀어나온 철골들 사이를 헤엄쳐 다닌다. 그 위를 원추형의 햇빛이 비추고 있다. 생존의 기적. 인간은 절대 완성하지 못할. 너처럼. 너는 햇빛을 거느린 채 천장으로부터 끝없이 떨어지고, 폐허 속에 물을 만들고, 물고기가 되고, 마침내 거대한 물줄기가 되어, 탐낼 수 없는 신비 속으로 숨고.

어느 날 나는 옷을 모두 벗고 양말만 신은 채 침대에 누워 있었다. 나이트테이블 위에 놓인 스탠드에서 희미한 불빛이 뿜어져 나왔다. 불빛은 나신을 비추고 나신을 지나 일렁였다. 나의 손은 나의 이마로부터 시작해 볼과 목을 스쳤고 한동안 가슴에 멈춰 있다가 다시 배로 허리로 미끄러졌고 허벅지에서 잠시 휴식을 취한 후 이윽고 깊은 웅덩이에 당도했다. 나는 기억해내려고 애썼다. 한때 그곳에서 일어났던 기적을. 그곳이 기적을 만들던 곳이라는 것을. 물이 솟고 거대한 물줄기가 물고기를 키우던 곳이라는 것을. 그러나 바람은 금세 사그라들었다. 오그라들기 시작한 육체만이 아둔하게 놓여서, 기적 같은 것은 만들어낼 생각도 하지 못한 채로 쉽없이 숨을 빠져나가게나 할 뿐이어서. 그것 자체로 꽉 찬 통장의 잔고 같은 너의 육체가 이미, 젊음이 떠나버린 나의 육체를 확연하게 비출 뿐이어서. 너의 격정이 나를 늙게 하고, 언젠가는 나를 죽이고야 말 것이다. 불빛은 나신을 비추고, 나신을 지나 일렁이고, 그 밑을 검은 웅덩이로 만들어놓는다. 웅덩이가 마지막 남은 생기를 토해낸다. 풍요로부터 내쳐진 육신. 나는 그것에 뾰루퉁해 있다. 그런데 너는, 네가 발견한 고독이란,

Justin Vernon, 「A Song For a Lover Of Long Ago」

무엇이었을까. 아주 오래된 기억의 흔적, 같은 것이었을까. 농담 같지만 그것에 대해 신중하게 생각했다. 외모가 풍기는 어떤 분위기, 사소한 습관, 기록의 방식, 외부를 받아들이는 어떤 감각, 서툴고 조심스러운 단어들, 무엇이 너에게 나로부터 고독을 발견하도록 부추긴 것일까. 미세한 긴장과 갈등 때문이었을까. 아니라면 내가 무엇인가를 숨기고 있고, 무엇인가를 숨기는 사람은 꺼내어 풀어놓기에는 지나치게 무거운 어떤 말들을 주머니에 넣고 있기 때문이라고 생각한 것일까. 그것을 고독의 형태와 이어 붙이는 일이 그리 어렵지는 않았겠지.

가능한 한 소음에서 멀리 떨어져 있으려 했다. 너의 눈빛과 목소리는 희미해서 아무리 노력해도 너를 알아보기란 불가능했다. 너는 나에 대해 말하고, 나는 나에 대해 말하는 너의 말 속에서 너를 찾기 위해 골몰한다. 불가능한 것인 줄 알면서도 불가능하게. 너는 다소 불안한 태도로 무엇인가 그럴듯해 보이는 말들을 찾기 위해 애썼고 그것을 숨기기 위해 되도록 느리게, 천천히 눈을 깜박이며, 응시 속에서 벗어나기를 바라며, 목소리에서 떨림이 감지될 때마다 헛기침을 해가며, 다소 거들먹거리며, 상대가 어떤 말에 반응할 것인지를 주도면밀하게 살피며, 그러나 최대한 자연스럽게, 그러함에도 스무 살의 자명함으로, 그러니까 어린, 뻔한, 관습적인 속임수에서 벗어나지 못한 채로 말을 이어나갔다. 모든 게 뻔했다. 다 자랐어요, 더 자랄 게 없어요, 하는 어린아이. 가급적 이 이야기를 피해가고 싶다. 다시 침묵에 관해 말하자. 그런데 언제,

필립 그로닝, 「위대한 침묵」

침묵에 관해 말한 적이 있던가. 나는 언제든 쉽게 다친다. 내 인생에서 가장 아름다운 순간들은 언제나 나를 다치게 했다. 계절은 순환하고 감정도 순환한다. 그저 그렇게, 한다. 어떤 역설도 지니지 않은 채로 그렇게 한다. 나는 거의 열정적이라 할 만한 눈빛으로 너를 바라보았으나 내 시선이 포착하고 있었던 것은 속임수일 뿐이었다. 어디에 어느 만큼을 걸어야 하는지, 누가 더 배짱 좋게 딜을 하는지. 모든 게 속임수고, 나는 다칠 것이다.

바람 소리가 온다. 눈보라를 일으키는 바람. 눈보라에 묻혀 캄캄해지는 바람. 사이로 교회 종소리도 온다. 꾸꿀라를 입고 느리게 걷는 수도승들의 발소리도 온다. 꾸꿀라, 도피

의 성전. 상처를 입히려는 자들로부터 자신의 영혼을 구하기 위해 만들어진 성소. 뒤집어쓰고 숨는, 안전한 의복. 모든 소리가 한곳으로 모여든다. 한곳으로 모여드는 소리들. 차가운 돌바닥에 무릎을 꿇고 흐느끼는 소리들. 문이 열리고 닫히는 소리들. 흔들리는 영혼을 애써 붙잡아두려는 소리들. 노래가 되는 소리들. 어떤 소리들—어떠한 소리라고 규정지을 수 없는—음울하고 아름다운 어떤 소리가 귀를 사로잡는다. 사람들은 소리가 들릴 때마다 기억을 떠올리고 그때의 미세한 긴장이나 갈등, 균열, 슬픔 같은 감정들을 복원시켜 다시 미세한 긴장이나 갈등, 균열, 슬픔 같은 감정에 빠져들었다. 과거에 예민한 자들은 느리게 진행되는 기억을 견디지 못한다. 그들은 매일 적당한 시간을 쪼개어 들쥐에게 갉아 먹히는 들보처럼, 정확하고 신중하게 찾아오는 신경쇠약증처럼, 평생을 일직선으로 견뎌야 하는 척추처럼, 불현듯 한순간, 기억이 부상하는 단 한 순간을 견디지 못하고 무너진다. 들창 사이로 쏜살같이 달려드는 빛줄기가 눈을 찌르는 그 순간에서, 자신을 둘러싸고 있는 불친절한 침묵에서, 망가진 손잡이에서, 계단으로부터 들려오는 규칙적인 발소리에서, 이삿짐을 싸다가 발견한 연필 한 자루에서, 나갈 길을 찾기 위해 분주히 날아다니는 흰나비에서, 과거와 직면하고 울음을 터뜨린다. 희극적인 것이었든 비극적인 것이었든 과거는 가혹할 뿐이며 그 속에서 느끼는 고통은 모두 늙은 자들에게 속해 있다. 과거는 언제나 화석처럼 그들의 삶에 박혀 있다. 소리는 아직 거기에 있다. 휘몰아치는 눈보라 속에서. 눈보라를 피하기 위해서. 모든, 시도들.

그러나 침묵은 얼마나 다정한가. 어느 날 숲을 거닐다가 작은 둔덕을 발견했다. 12인치 정도의 볼을 엎어놓은 크기였는데, 이제 막 파헤쳐졌다가 다시 덮인 것처럼 붉은 기가 남아 있었다. 나는 흙 한 줌을 조심스럽게 떠서 옆으로 옮겼다. 그리고 또 한 줌을, 다시 한 줌을. 그곳에서 죽은 생물—죽은 것을 생물이라고 말할 수 있을까—을 발견하게 되리라는 기대를 품고서. 기대는 배반을 모르는 충성스러운 하인처럼 내부를 드러냈다. 생각했던 것보다 더 작은 어떤 생물. 작고 흰. 흙을 뒤집어쓴 그것은 흙을 털어낼 기력도 없이, 떨 기력도 없이, 단지 놓여 있었는데 동그랗고 검은 눈동자만이 자신이 처한 상황을 두려워하는 한편으로 안도하며, 그렇다 하더라도 경계를 늦추지 않으며, 내게 눈을 맞추려 애쓰고 있었다. 나는 최대한 그의 눈과 대면하지 않기 위해 노력하며 그의 목덜미에 두 손가락을 갖다 대었다. 숨이, 미약하게나마 붙어 있었다. 느리면서도 강렬한 삶의 진동. 그의 목덜미에서 손가락을 뗐다. 그 옆에 엉덩이를 붙이고 앉았다. 차가운 기운이 엉덩이를 타고 올라왔다. 바람이 주저하며 불어왔고 나무들이 혼란스러운 기색으로 작게 흔들렸다. 나는 그들이 생기로 가득 찬 몸을 한껏 숨기며 나지막하게 웅성거리는 소리를 들었다. 그들의 목소리는 곧 대기 속으로 옅게 퍼져 나갔다. 나는 그들의 소리를 따라 시선을 들어 올렸다. 나무의, 넓거나 뾰족한 이파리들이 하늘을 향했고 푸른색 하늘은 이파리들의 생김새에 따라 넓거나 뾰족한 형태로, 하나의 웅덩이를 형성하며 공중에 걸려 있었다. 희미한 슬픔이 느껴졌다. 나는 밤잠을 설친 사람처럼 눈을 부비며 그곳에 그렇게 오래도록 앉아 있었다. 그의 죽음과 마주치지 않기 위해 최대한 노력하며. 그를 안고 내달리는 게 옳지 않겠는가 하는 생각과 부지런히 싸우며.

그는 오래 버텨내지 못했다. 어느 순간 그가 쉬익, 하고 그의 몸에 남아 있던 숨을 모두 뱉어냈다. 숨을 멈추기로 작정한 것이다. 나는 움직이지 않았다. 그의 숨이 멎은 것과는 별개로 나의 심장은 박동을 멈추지 않았다. 불안하고 불길하게 뚝뚝 끊기며 진행이 되기는 했으나, 여전히 움직였다. 울고 싶은 기분이었다. 다시 그에게로 눈을 돌렸다. 그는 여전히 눈을 뜬 채였다. 하지만 그의 눈은 아무것도 비추지 않는 창문처럼 텅 비어 있었다. 침묵이 우리를 에워쌌다. 무용하지만 그리하여 위대한 침묵이. 꾸꿀라 안에 안전하게 둘러싸인 채로. 침묵을 통해 나는 그에게서 많은 말들을 전해 들었다.

침묵은 내 안에서 서서히 자라났고, 공포와 연민과 절망과 자책을 드러내는 한편으로 강렬한 죽음을 예고했다. 희한하게도 그것이 온기와 위안을 주었다. 나는 언제인가 죽을 것이다. 어쩌면 곧. 이것으로 나는,

Eminem, 「Stan」

너를 생각하지 않기 위해 가급적 많은 길을 돌고 있다는 것을 증명한 셈이다. 너의 부재가 아니라 너의 실재 때문에. 네 말을 받아들이는 것이 너무 힘들고, 그런 내가 너무 성가시니까. *잘 지내지 마. 잘 자지도 마.* 한동안 잠을 자지 못했다. 열흘이거나 어쩌면 한 달, 그보다 더 오래되었을 수도 있다. 어떤 빛이, 매번 잠으로 들어가려는 나를 끄집어낸다. 그 빛은 감미로운 한편으로 야수 같아서 나를 기분 좋게도, 두렵게도 만들고 아무런 이유 없이 버림받은 기분이 들게도 한다. 나는 여러 가지 감정에 노출된 채로, 여러 가지 감정으로 옮겨 다니느라 잠을 잘 여력이 없다. 아침이면 핏발 선 눈으로 일어나 서투르고 어색하게 일상을 이어간다. 우선 주방으로 간다. 커피 물을 올리고 잠시 서성인다. 물이 끓을 때까지, 물이 끓는 것을 기다리며 르완다 수프림이나 예멘 모카, 대

체로는 케냐AA를 핸드 그라인더에 넣고 간다. 어느 때는 집 안을 감도는 답답한 분위기 때문에 창문을 모두 열어젖히고 는 그저 서 있다가, 서 있기만 하다가 물이 졸아붙는 줄 모르 기도 한다. 나는 오후로 가고 있다. 분노의 속도로 활력이 빠 져나간다. 피부조직은 정밀한 것에서 벗어나 있고 몸은 온기 를 붙잡아두지 못하고 자주 통증이 찾아오고 눈동자는 동요 하고 지성도 마모되고 있다. 격렬하고 강렬한 자연의 힘은 아무리 애써도 떨쳐낼 수 없다. 주의를 기울여 커피를 내리 고 마신다. 커피와 함께 하루를 어떻게 사용해야 할 것인가 에 관한 계획도 마신다. 너무도 예민해서 괴상한 하루가, 모 든 하루를 무한정 미루기만 할 뿐인 하루가 흘러간다. *우리 가 겹치는 건 시간문제야. 초자연적으로 말이야.* 그러나 그 런 일은 일어나지 않을 것이다. 그것은 초자연의 문제가 아 니라 의지의 문제이기 때문이다. 나의 의지. 아무런 의지도 갖지 못하게 된 나라는 의지. 어쩌면 내가 진정으로 어루만 지고 싶은 것은, 온 힘을 쏟아 몰두하고 싶은 것은, 나 자신이 다. 나를 다정하고 진지한 눈빛으로 바라보고 받아들이고 꿈 꾸는 것. 네가 나타나지 않았다면 아무런 의심도 지루함도 갖지 않고 내게 할당된 시간들을 살아갔을 텐데. 너는 내 시 간을 방해할 뿐이다. 이것은 부당하고, 그리고 모든 것은 너 무 늦거나 빠르다. 죽음 역시,

Neil Young, 「Dead Man」

그러할 것이다. 나는 병적으로 너와의 만남을 미루고 있다. 다시 침묵에 대해 생각해보자. 그 작은 생물이 마지막 숨을 토해냈을 때, 나는 캐시미어 머플러를 목에 두르고 동시 상영관에서 삼류 영화를 보던 청소년기의 나로 나를 되돌려 보냈다. 활기에 찬 안정감과, 두렵고 수치스러운 욕망이 동시에 일어났다. 저항할 수 없는 어떤 힘이 나를 매혹하는 한편으로 그것과 유사하게, 저항할 수 없는 어떤 힘이 나를 짓눌렀다. 어떤 기지도 용기도 낼 수 없는 초라한 운명이 내 앞에 펼쳐진 것 같았다. 그리고 또 불길한 욕망 같은 것이. 다시 침묵으로 돌아가자. 그 작은 생물이 마지막 숨을 토해냈을 때 나는 그가 고통을 사랑하게 되었고 결국 그 고통 속에 머물기로 결정한 것이라 생각했다. 그리고 그것에 안도했다. 고통밖에 남은 것이 없을 때는 그것을 받아들이기가 더 쉬워진다. 나는 그가 끝내 고통으로 돌아간 것에 안도했다. 더 큰 고통을 피해 고통으로 돌아간 것에. 그의 무덤을 서리와 이슬이 덮어주기를 바라면서. 그러한 한편으로 나는 이상하리만큼 정확한 욕망에 시달렸다. 끝없이 팽창하며, 덜덜 떨며, 무섭도록 차가워진 상태로, 이토록, 그러니까.

귀신론? 이런 거 읽으면 밤에 어수선하지 않아? 너는 묻는다. 어수선한 것이 아무 일도 일어나지 않는 것보다는 나아. 네가 이해하지 못할 것을 알면서도 그렇게 대답한다. 너는 이해하지 못한다. 젊음은 고독할 여유가 없으니까. 다른 말로 옮겨간다. 귀(鬼)는 음(陰)의 영(靈)이고 신(神)은 양(陽)의 영(靈)이래. 유가에서 말하는 귀신론에서는 그렇게 해석해. 음양이기(陰陽二氣)의 운동이라고. 귀신 목격담을 다룬 책이 아니라 어수선하지는. 내 말을 가로채고 다시 너는 말한다. 그러니까 귀신들도 음양의 조화를 중요하게 여긴다는 거잖아. 그런데 당신은 왜 나랑 함께하지 않는 건데? 입을 다문다. 나는 너를 이해시킬 만한 말을 갖고 있지 못하다. 낮과 밤은 한집에 살 수 없다는 것을, 아버지의 시간에서 빛은 너무 뜨겁고 위험하다는 것을 너에게 어떻게 설명할 것인가. 빛 때문에 어둠이 더욱 짙어진다는 것을, 어둠이 점점 더 나빠진다는 것을, 너에게 설명할 도리가 없다. 너에게는 모든 게 너무 단순하고 명쾌하다. 랭보가 왜 나이를 속이고 베를렌에게 편지를 보냈는지 알겠어. 아, 싫다, 싫어, 다 자란 척하는 거. 꺾이는 시간, 내려가는 시간, 저무는 시간, 미지근한 시간, 그리하여 반추인 시간을 너에게 설명하지 못하겠다. 내 잘못도 아닌 것들이 나를 변변치 않은 존재로 만드는 불합리와 불공평을 나조차 이해할 수 없으니까. 너를 밀어내는 게 아니라 나를 밀어내야 하는 현장을. 그 까마득함을 나조차.

너의 말은 나의 표면만을 스칠 뿐이다. 나는 언제든 너의 말로부터 등을 돌릴 수 있다. 가볍고, 실체 없고, 무용하고, 소란하기만 할 뿐인 말로부터 언제든 달아날 수 있다. 너의 말은 침묵으로부터 획득한 것도 아니고 침묵을 찢고 나오는 것도 아니므로. 그러니까 너와 나를 지속적으로 지탱해줄 침묵을 너는 갖고 있지 못하고. 너에게는 이것이 의자놀이의 하나일 뿐이다. 누가 먼저 차지할 것인가, 과연 차지할 수 있을 것인가 하는 것. 젊음만이 가질 수 있는 난폭한 도전 같은 것. 너는 나를 두드린다. 파수꾼처럼 밤을 지키고 있어도 너는 들어오고. 들어와 말을 하고. 나는 온갖 잡음에 시달리면서. 나는 나의 의지로 너를 버텨내고 있다. 그러므로,

권나무, 「노래가 필요할 때」

지금은 그냥 좀 앉아 있고 싶다. 고독과 침묵을 벗 삼아. 나는 빛이 남겨놓은 약간의 어둠에 불과할 뿐이라고 거듭 되뇌며. 너를 그냥 벤치에 남겨두었어야 했다. 어디에나 있는 보편적인 벤치. 그냥 벤치. *가지 마. 가려고 하지 마. 마음도 먹지 마.* 너무 흔해서 아무도 기억하지 못하는 장소에 너를 남겨두었다면 좋았을 것이다. 불필요하게 늙고, 불공평하게

늙고. 벤치는 따뜻하다. 해의 여분이 남아 있다. 잠시 존다면 좋을 것이다. 죽음과는 다른 종류의 죽음을 살고, 어제와는 다른 나로 깨어난다면 좋을 것이다. 그것이 이제는 불가능하게 여겨진다. *그냥 있어, 거기. 가지 말고, 거기.* 죽음도, 다른 종류의 죽음도 멀고 단지 조금씩, 서서히 마모되어가는 육신만 있을 뿐이다. 너는 스무 살이다. 좋은 나이다. 그것만으로도 좋은, 빛나는 나이. 너는 순간과 순간이 자연스럽게 이어지는 곳에 있다. 잠조차 너의 순간들을 단절시키지 못한다. 너는 순간과 순간이 문득 끊어지고 서로 따돌릴 수 있다는 사실을 알지 못한다. 햇빛이 떨어지는 속도가 얼마나 빠른지 알지 못한다. 침묵이 얼마나 많은 풍경을 감추고 있는지도 알지 못한다. *뭐가 그렇게 복잡해. 당신은 너무 복잡하게 생각해. 그건 병이야.* 우리는 우리도 모르게 손을 놓치고, 아이가 계속 자라나서 더 이상 엄마 노릇을 할 수 없어진 것처럼 손을 놓치고, 나는 불현듯 손을 놓치며, 이것이 우리의 시작인 것을 눈치챌 것이다. 내게만 속한 시작. 나와 나 사이에는 끝없이 되풀이되는 언쟁만 남겠지. 나를 불안하게 만든 모든 것에서, 두렵게 만든 모든 것에서, 도망치게 만든 모든 것에서, 비로소 도망쳐 차분한 일상을 살다가, 어느 날 문득 한 줄기 바람이 불어오고, 문풍지가 숨죽여 떠는 것처럼, 그렇게 울겠지. 빈 곳이 헤아릴 수 없이 증식해서. *뭐가 그래. 왜 지*

레 겁먹어. 그림자가 방의 표면을 일그러뜨리고 울퉁불퉁하게 만든다. 아귀가 맞지 않는 시간이 그렇게 간다. 하루가 그렇게 간다. 이상하고 무질서한 조합들이 아름다울 일은 없을 것이다. 지금은 그냥 좀 앉아 있고 싶다. 햇빛 속에서 햇빛을 쬐며 곧 숨을 거둘 늙은이처럼. 마지막 선물처럼 햇빛을 끌어안고. 그냥 좀 앉아 있고 싶다. 침묵 너머로 아득하게. 망각이 주는 자유를 한껏 누리면서. 완전히 비어서. 빈 눈동자로 숨을 거두고 침묵으로 무덤을 세우고. 침묵이, 침묵만이 나의 것인, 온전한 나의 방으로.

나의 사랑스럽고
지긋지긋한 개들

난 걷는 데 재능이 없는 것 같아. 난 걷는 데 재능이 없다. 없는 재능으로 무언가를 할 때는 얼굴에서 핏기가 사라진다. 창백해진다는 말이다. 걸을 때마다 그랬다. 창백해졌지. 난 창백한 채로 흰 벽돌담으로 갔다. 나의 개들을 따라. 나의 개들은 흰 벽돌담으로 갔다. 나와 달리 나의 개들은 걷는 데 재능이 있는 것 같았다. 매우 경쾌하고 활기차고 단호한 발걸음으로 잘린 꼬리를 흔들며──나의 개들은 숨구멍이 막히기도 전에 꼬리를 잘렸는데 위생상 그래야만 했다고는 해도 여전히 나는 나의 개들의 의사를 묻지 않고 꼬리를 자른 것에 어떤 죄의식 같은 것을 느낀다──다른 곳에 정신이 팔릴 법도 한데 단 한 번도 정신을 파는 법 없이 흰 벽돌담으로 갔다.

벽돌담으로서는 드물게 흰색을 갖게 된 흰 벽돌담은 아담한 이층집을 제법 폭넓게 둘러싸고 있었는데 그러한 대담함은 아담한 이층집을 더 아담하게 만드는 데 충분했고 한편으로 아담한 이층집에 어떤 비밀스러운 분위기를 입히고 증폭시켰다.

흰 벽돌담은 내 집에서 남쪽으로 2.5킬로미터 떨어진 곳에 있다. 시속 3.7킬로미터로 걸었을 때 40분 정도가 소요되고 약 3천5백 걸음이 필요한 거리다. 물론 이것은 최선을 다해 재능을 발휘했을 때 얻을 수 있는 결과물이다. 걷는 데 재능이 없는 사람은 걷기 위해 필요한 근육을 시의적절하게 사용하거나 근력을 끌어 쓰거나 몸을 동적이고 정적인 상태로 유지하는 방법에 절대적으로 무지한 것을 넘어 걷기라는 동작이 사용되는 방식에 대해서조차 모르는 것 같다. 그러니까 40분 정도 걸어나가면 다시 40분 정도를 걸어야 돌아올 수 있다는 아주 간명한 사실조차. 이러한 무지로 나는 매일 대가를 치렀다. 1시간 20분을, 늘 최선을 다해 없는 재능을 발휘할 수는 없는 노릇이므로 때로 1시간 30분이 되기도 하고 2시간이 되기도 하는 시간을 걸으면서 녹초가 됐다. 걷는 데 재능이 있는 나의 개들도 1시간 20분, 아니면 2시간이 되기도 하는 시간을 걸어 돌아오면 녹초가 되는 것 같았다. 우리는 모두 녹초가 된 채로 각자의 자리에 널브러져 잠에 들었다. 녹초가 되는데도, 녹초가 되면서까지 나의 개들이 흰 벽 돌담으로 가는 이유를 모르겠다. 아마 계속 모르겠지. 하나 분명한 것이 있다면 나의 개들이 흰 벽돌담 아래에서 오줌 누는 일을 즐긴다는 것이다. 나의 개들은 흰 벽돌담 아래에서 뒷다리를 굽히거나 한쪽 다리를 슬며시 들어 올린 채로 적당한 양의 오줌이 적당한 속도로 쏟아지도록 하는 일에 집중했다. 그러고는 만족스럽게 웃었다. 일이 다 끝나고 나면 만족스럽게 웃었다. 익살맞기는. 만족스러운 웃음은 어쩌나 익살맞은지.

나의 개들이 흰 벽돌담으로 가는 이유와는 별개로 언제부터인가 나 역시 그곳으로 가는 일에 집착했다. 특별하고도 별것 아닌 이유로. 어느 날 흰 벽돌담 아래 흰 백합이 놓인 것을 발견했다. 봄이었다. 햇볕이 지붕이며 담장이며 길바닥으로 너울졌고 좁은 골목에 그을음을 만들며 지나가기도 했다. 막 잠에서 깨어난 것 같은 얼떨떨한 표정을 한 사람이 지나쳤고 치킨집 전단지가 휙, 휘릭, 휘이익, 공중으로 떠올랐다가 가라앉았다. 나의 개들도 전단지가 떠오를 때마다 깡, 하며 덩달아 떠올랐는데 태생이 짧은 다리를 지녀서인지 떠오른다기보다는 버둥거리는 것에 가까웠다. 나는 그처럼 귀엽고 우스꽝스러운 모습은 본 적이 없었다. 입술을 깨물었다. 그리고 경쾌해졌어. 나는 내가 걷는 데 재능이 없다는 사실을 잊고 경쾌한 나의 개들과 함께 경쾌하게 나아갔다. 경쾌하게 걷는 일은 지루하게 걷는 일과는 비할 게 못 됐다. 세포 하나하나가 요동치기 시작한 것은 물론이고 기분까지 가뿐하고 말끔해졌다. 그곳은 어디예요 흰 벽돌담은 왜 흰 벽돌담인가요 아담한 이층집에 사는 사람들은 누구인가요. 나는 되도 않는 문장들에 멜로디까지 붙여 흥얼거리며 경쾌하게 나아갔다.

이쁜이들 오늘도 산책 나왔어? 옷걸이 집게를 든 세탁소 주인이 나의 개들을 바라보며 말했다. 나는 개들 대신 목례를 하며 동네 주민이라도 된 것 같은 따뜻한 느낌에 사로잡혔다. 이 동네는 대부분 담장을 허물고 그곳에 꽃밭을 가꾸거나 지붕이 달린 작은 그네를 매달아놓거나 빨간 우체통을 세워놓거나 평상을 내다 놓거나 커다란 나무를 심어놓기도 했는데 그런 소소한 풍경의 변화가 동네에 정겹고 여유롭고 그윽한 분위기를 감돌게 했다. 잠깐이었으나 세탁소 주인과 인사를 주고받는 동안 나는 그런 멋진 동네의 주민이 된 것 같아 기분이 좋아졌다. 나는 개들의 목줄을 조금 늦추고 불현듯 구부러지는 골목으로 들어섰다. 골목이라고는 해도 차 두 대 정도는 여유롭게 오갈 수 있는 너비인 데다가 양쪽으로 담장 없는 집들이 앉아 있어 더 넓어 보였다.

넓은 골목을 얼마간 걷다가 나와 나의 개들은 흰 벽돌담에 다다랐다. 담장을 허문 동네에서 유일하게 서 있는 담장이었으나 이질감을 주거나 고압적인 느낌을 풍기지는 않았다. 흰색 벽돌 자체가 밝고 편안한 느낌을 주는 것은 물론이고 담장을 미끄러지며 은은하게 빛나는 햇빛과 벽돌 틈에서 소담스레 자라고 있는 녹색식물들이 제법 한적한 전원의 정취를 자아낸 탓인 것 같았다. 나의 개들은 담장 밑에서 삐죽 솟아난 풀과 그 풀을 감싸고 있는 작은 흙더미에 코를 박고 쿵쿵대다가 오줌 눌 채비를 했다. 나는 나의 개 한 마리가 뒷다리를 굽히고 또 다른 개 한 마리가 한쪽 다리를 슬며시 들어 올린 채로 오줌 누는 모습을 대견하게 바라보며 등에 짊어진 가방에서 물병을 꺼내 목을 축이고 나의 개들이 마실 수 있도록 작은 컵에 물을 따랐다. 그때 발견했지. 그때 발견했다. 흰 벽돌담 아래 흰 백합. 그 모습은 매우 묘하고 기괴했는데 그 모습은 뭐랄까, 점점이 꺼지는 지상의 불빛들을 바라볼 때처럼 뿌옇고 침침하고 어두컴컴한 기분이 들게 했고 순식간에 추운 방으로 나를 돌려보냈다.

나는 추운 방에 누워 백합을 상상하고는 했다. 그을린 벽을 타고 하얀 입김이 피어올랐고 그리고 입김은, 방을 가로질러 묶어놓은 빨랫줄 위를 굴러 반대편 벽으로 가 사라졌다. 백합! 백합이 어떻게 생겼더라. 릴리. 나리. 알뿌리식물이고 여름에 꽃을 피운다. 씨앗으로 시작해 꽃을 피우기까지

4년이나 걸리는 꽤나 까탈스럽고 도도하고 수줍은 식물로. 나는 백합이 약용수이고 여섯 장의 꽃잎으로 이루어져 있으며 왕가나 수도회, 대학 들의 문장에 많이 쓰인다는 것을 알고 있었으나 생김새는 도통 떠올리지 못하는 채로 백합을 상상하며 밤을 보냈다. 백합 향기에 질식해 숨졌다는 누군가의 이야기를 들은 후부터였을 것이다. 죽어야 한다면, 죽을 수 있다면, 백합이야말로 닳아빠진 생을 마감하기에 가장 우아한 방법 같았다. 어떻게 생겼더라. 아무려면 어떤가. 꽃으로 죽을 수 있다면야. 나 그때는 정말 엄청 죽고 싶었다고. 아주 오래전에 말이다. 백합 향기에 질식해 죽는 것보다 웃다가 죽는 게 더 쉬울 거라는 말을 듣고는 잊었지. 백합을 잊었다. 그러고는 단 한 번도 생각하지 않았다. 그랬는데.

나는 창백해진 얼굴을 어루만졌다. 핏기가 빠져나간 얼굴. 잔뜩 긴장했어. 잔뜩 긴장했다. 나는 상실할 것이니까. 나는 무언가를 상실할 것이다. 그것은 예정되었고 예정된 수순이다. 그것이 나를 겁먹게 한다. 이러한 상태로 모든 날을, 예정된 상실을 살아내야 한다니! 나는 상실에 대해 완벽하게 무지한 것은 아니나 완벽하게 이해한다고도 말할 수 없다. 완벽하게 균질한 경험은 존재하지 않는다. 경험이 거듭된다고 해도 그것이 완벽하게 균등한 이해를 보장하는 것은 아니다. 나는 새롭게 출발해야 할 것이다. 새로운 상실과 상실로부터 오는 새삼스러운 절망을 거듭 경험해야 할 것이다. 지나간 경험을 토대로 상실에 대비할 수도 없을 것이다. 또한 사실을 말하자면 나는 그러고 싶지 않다. 상실을 예상하고 상상하면서 남은 날을 보내야 한다는 것은 인간적이지 못하다. 더불어 그것은 격조에 어긋나는 짓이다. 나는 예정이 실현될 날을 불현듯이 느닷없이 걷잡을 수 없이 맞을 것이다. 그것이 맥박을 잃은 자에 대한 최소한의 예의다, 아무렴. 맥박을 잃고 온도를 잃고 부드럽게 밀착해오는 육체의 유연성과 호흡을 잃고 느리게 누설되는 숨의 행방과 신경의 팔딱임을 잃고, 다. 시. 상. 실. 하. 고. 비좁은 곳에 갇혀 더디게 웃으면서 그 뒤에 숨은 그림자를 더 멀리 더 깊은 곳으로 보내면서 온몸으로 상실을 맞아야지. 예정은 취소될 수 없다. 이전의 경험에서 내가 배운 게 있다면 어떤 상실은 슬픔으로 기록되는 것이 아니라 분노로 기록된다는 것이다. 나는 하나도 슬프지 않았다. 단지 화가 났다. 화가 나서, 잘 가요 엄마 가서 다시는 오지 말아요, 말했다. 사랑한다거나 용서해달라는 말 대신. 그런 말들은 너무 늦게 왔다. 그렇게 불현듯 갈 일이냐고. 나는 굳은 엄마를 끌어안고 말했다. 잘 가요 엄마. 가서 다시는 오지 말아요.

저 쥐새끼들 좀 치워, 씻기든가. 쥐새끼 아니고 개새끼거
든? 엄마는 나의 개들을 쥐새끼라 했고 엄마의 쥐새끼들은
씻고 며칠만 지나도 개 비린내를 풍겼다. 그리고 나의 개들
은 나와 살기 위해 개처럼이 아니라 쥐새끼처럼 지냈다. 꼬
질꼬질하고 달큼한 냄새, 꼬질꼬질해서 달큼한 냄새를 숨기
기 위해 작은 방에서 숨어 지냈다. 나의 개들은 자신에게 주
어진 운명을 납득하고 잘 받아들이는 것 같았다. 나는 그처
럼 포기가 빠른 개들과 사는 것이 슬펐으나 왜 슬픈지는 알
수 없었다. 다만 나의 개들이 잘 숨을 수 있도록 나마저 잘 숨
기는 일에 몰두했다. 작은 방에서 나가지 않았다는 말이다.
어쨌거나 엄마는 목소리를 낼 줄 아는 사람이었다. 속에 있
는 말을 속에만 두는 일은 절대 일어나지 않았는데 그렇다고
엄마가 타고난 수다쟁이였던 것은 아니다. 열두 세대가 사는
빌라에서 열두 세대 주민과 거침없는 대화를 나눈 정도랄까.
작은 방에 앉아 있으면 간혹 엄마의 목소리가 들려왔다. 이
쪽에서, 저쪽에서, 위에서, 아래에서. 대부분 공동주택에 사
는 입주민이 지녀야 할 태도와 수칙에 관련한 것이었는데 예
를 들자면 계단에 화분을 놓지 말라거나 옥상에 담배꽁초를
버리지 말라거나 지정된 곳에 주차를 하라는 요청 같은 것들
이었다. 대뜸 목소리를 높이는 통에 혼쭐을 내는 것처럼 들
리는 게 문제였으나 엄마의 요청은 대부분 정당했고 문제가

해결된 후에는 두루 잘 지내기도 했다. 나와 601호를 제외하고는.

내가 601호 아주머니를 처음 본 것은 본가로 합가한 지 6개월 남짓 되었을 때였다. 잠깐만요오. 같이 가요오. 잘 차려입은 아주머니가 엘리베이터 문틈으로 손을 밀어 넣었다. 나는 서둘러 열림 버튼을 누른 후 나의 개들을 품에 안았고 아주머니는 나와 나의 개들을 흘깃거리고는 내게 등을 보인 채로 문에 바투 붙어 섰다. 딸인가 보네에. 말꼬리를 길게 늘이는 것이 아주머니의 말버릇인 것 같았다. 나는 대답을 하는 대신, 말뚱가리 울음소리 같네에, 생각했다. 목소리 톤이 높고 가는 데다가 말꼬리를 길게 늘여 말하는 것이 말뚱가리 울음소리를 떠오르게 했던 것이다. 아주머니의 차림새는 무엇 하나 지나치지 않은 것이 없었다. 모자에 달린 챙은 목을 덮을 정도로 길고 넓었는데 물결치듯 구불거리는 모양새라 휴양지에나 어울릴 법했고 타탄체크 무늬의 녹색 투피스에는 여러 가지 색깔의 비즈가 장식돼 있었다. 올리브그린색의 벨벳 구두에도 하얗고 파란 구슬이 어지럽게 박혀 있어 화려함에 화려함을 더했다. 나는 웃음을 참기 위해 입술을 깨물고는 정면을 응시했다. 채도 높은 붉은색 립스틱과 그 때문에 더 돋보이는 아주머니의 입가 주름이 문에 얼비쳤다. 녹슬고 깨진 양동이에 온갖 화려한 꽃들을 마구잡이로 꽂아놓은 것 같은 차림새였다. 어딜 가나 개새끼이 고양이 새끼이. 문이 열리는 것과 동시에 아주머니는 말똥가리 울음소리를 내며 황급히 달아났다. 개새끼들아아 가자아. 나는 아주머니의 잰걸음을 한참이나 바라보다가 나의 개들과 함께 나의 개들이 좋아하는 흰 벽돌담으로 가기 위해 발을 옮겼다.

희한하게도 그 후 601호 거주자들과 연달아 마주쳤다. 그래봤자 두 사람이었는데 두 사람 다 남자였고 두 사람 다 연령대를 가늠하기 어려웠다. 아니 두 사람이 비슷한 연배로 보여서 관계를 어림짐작하기 어려웠다는 게 맞을 터였다. 두 사람 모두 백발에 피부는 팽팽했고 폴리에스터 재질의 군청색 바지 차림이었는데 다른 게 있다면 한 사람은 회색, 한 사람은 검은색 아노락을 걸쳤다는 것과 검은색 아노락 차림을 한 남자의 걸음새가 제법 특이하다는 것뿐이었다. 검은색 아노락 차림의 남자는 한자리에 서서 몸을 앞뒤로 몇 번 흔들고서야 겨우 한 걸음을 내디뎠는데 그때마다 다시 한 걸음을 되돌리는 통에 매우 힘을 내 두어 걸음을 내딛지 않는 이상 아무리 걸어도 제자리에서 벗어날 방도가 없어 보였다. 엄마에게 들은 바에 의하면 어디가 아프다는데 어디가 아픈 건지는 빌라 사람들 누구도 아는 바가 없다고 했다. 에미가 저러고 다니니까 아들이 저 모양이지. 엄마는 남자와 마주친 후에는 입버릇처럼 그렇게 말했다. 아픈 사람 쪽이 아들인 모양이었다. 어쨌거나 나는 혹여라도 601호 아들과 마주치지 않도록 주의를 기울였다. 앞집에서 인기척이 들리면 잠잠해질 때까지 현관 문고리를 잡고 있는 식으로. 601호 아들의 행실이 기이해서가 아니라 눈빛 때문이었는데 뭐랄까 끈적해. 기분 나빠. 601호 아들의 눈빛에서는 축축하고 진저리 쳐지는 무언가가 느껴졌다. 엘리베이터에서 마주치기라도 하는 날에는 영혼까지 으깨지는 것 같았다. 그 탁하고 섬뜩한 공기. 601호 아들은 구석에 기댄 채로 웅얼거리는 말소리와 함께 요란한 숨을 내뱉었고 중간중간 으흥으흥 웃음소리를 흘렸다. 이빨 뒤에 도사리고 있다가 간신히 빠져나온 듯 짓눌린 소리와 내 목덜미로부터 등으로 둔부로 다리로 이어지는 시선 때문에 나는 얼어붙었다. 물어! 물어! 나는 사색이 되어 돌아온 후 혹여라도 있을 불상사를 대비해 나의 개들에게 무는 법을 가르쳤다. 하지만 웬걸. 나의 개들은 물라고 던져준 인형을 볼 때마다 식겁을 하고 달아났다. 나의 개들은 착해도 너무 착했다.

착한 것들과 실없는 농담이나 해가며 하루하루 나이 먹는 일. 오래된 집을 손보는 것처럼 오래된 육신을 돌보는 일. 늙은 개. 더 늙은 개와 덜 늙은 개. 더 늙은 개는 더할 나위 없이 깡말라서 등뼈가 드러나 보인다. 공깃돌 같은 등뼈. 공깃돌

보다 작은 등뼈. 늙은 개야, 밥을 먹어라. 더 늙은 개는 밥 먹는 걸 자꾸 잊는다. 듣지도 못하고, 듣지 못해서 밥 먹는 걸 또 잊는다. 듣지 못하면 입술이라도 읽으면 되겠는데 더 늙은 개는 보는 법도 잊은 듯하다. 눈동자는 탁해졌고 한곳을 오래 응시하는 일도 없다. 나는 나를 뚫어지게 바라보지 못하는 눈을 뚫어지게 들여다보면서 늙은 개야 밥을 먹어라 말하지만 더 늙은 개는 밥을 먹는 대신 이부자리를 찾아간다. 공포에 떨며. 시각이 아니라 익숙한 사물들과 사물들이 만들어낸 지형 같은 것에 의지하여. 남아 있는 희미한 밝기에 의탁하여. 가끔 헛딛고 간혹 부딪히면서. 더 늙은 개에게 세계는 조금 더 협소해졌을까. 들리지 않고 보이지 않는 만큼, 들리고 보이는 만큼, 딱 그만큼 세계는 협소해졌을까. 나는 더 늙은 개의 늙은 발걸음을 바라보며 가급적, 가능하면, 상실의 속도가 느리기를 빈다. 이름 붙일 수 없는 어떤 무형의 존재에게. 한 줌인 몸을 바라보며, 한 줌이 된 몸을 바라보며 더 늙은 개가 조금 더 늦게 죽음을 결정하기를 빈다.

덜 늙은 개는 자주 사라져 있다. 어떤 연민이 거대하게 팽창해 저와 나 사이를 멀리 떨어뜨려놓았다는 것을 알고 있다. 나에게 아무것도 요청하지 않고 아무것도 기대하지 않고 자주 사라져서 사라진 채로 한 인간이 예정된 상실을 대하는 자세를 지켜보고 있다. 밥맛 떨어지는 일일 테지. 이기적인 허약함을 읽는 일은 밥맛 떨어지는 일일 것이 분명하다. 그런 이유로 덜 늙은 개도 끼니를 줄였다. 허리가 좁아지고 대퇴도 얄팍해졌다. 수술한 다리는—덜 늙은 개는 얼마 전 삼각인대 파열로 다리를 수술했다—여전히 땅을 밀어내는 일에 서툴다. 오래 자고 피곤이 응축된 눈으로 나를 응시한다. 눈에서 곧잘 원망이 읽힌다. 당신의 사랑은 전혀 중립적이지 않아,라고 말한다. 하지만 있잖아, 우리는 우리를 우리라고 불러야만 하리라. 서로 달라서 이끌리고 지속적인 지루함을 견디고 모종의 기쁨을 이어왔으니까. 그러니까 우리,

산책 가자. 더 늙은 개는 강보로 싸안고 덜 늙은 개는 유모차에 태운다. 우리를 이루는 모든 것들이 낯설고 우스꽝스럽다. 낯설고 우스꽝스러워서 곧잘 화가 난다. 화가 많아졌다. 엄마를 잃었을 때부터인 것 같다. 상실이란 것이 너무 쉽고 어이없게 도착해서 내내 화가 났다. 그때에도 나는 불현듯이 느닷없이 걷잡을 수 없이 벌어진 일을 어쩌지도 못하고 받아들였다. 받아들이는 수밖에 없었다. 모든 게 너무 쉬워서 며칠이고 몇 날이고 화가 났다. 사랑한다는 말은 너무 늦게 왔지. 너무 늦게 와서 나는 고작 다시는 오지 말라는 말 따위나 했다. 돌이켜보면 엄마는 나의 개들처럼 걷는 데 재능이 있었어. 걷는 데 재능이 있었다. 꽃 피면 꽃 핀다고 비 오면 비 온다고 눈 내리면 눈 내린다고 집을 나섰고 하염없이 시간이

흐른 후에야 돌아오고는 했다. 엄마에게도 흰 벽돌담 같은 곳이 있었던 걸까. 가서 오줌을 누는 그런 곳 말이다. 나는 엄마가 돌아오지 않으면 어쩌나 같은 걱정은 한 번도 하지 않았는데 어쨌거나 엄마는 매번 돌아왔고 무엇보다 엄마가 집을 나선 후에 찾아온 격렬한 고요가 내게 기쁨과 안정감을 주었기 때문이다. 엄마가 없어야 비로소 숨통이 트였지. 숨통이 트였다. 높고 큰 목소리가 없는 곳에서 나는 기꺼이 찾아온 자유와 함께 커다란 숨을 몰아쉬었다. 내내 비탈길에 서 있다가 가까스로 평지로 내려온 느낌이었다. 나의 개들과 함께. 엄마가 집을 나서면 나는 작은 방의 문을 열고 소몰이 하듯 개들을 몰아냈는데 나의 개들은 얼떨떨한 채로 몸을 잘게 떨면서 한 발 두 발 전진하다가 낯선 구역에 당도해서는 마치 신대륙을 발견한 탐험가라도 된 듯 뱅뱅 돌며 광분했다. 오 마이 갓. 나의 개들이 몸속에 감춰둔, 감쪽같이 감춰둔 야생이라니. 엄마가 없는 곳에서 엄마의 쥐새끼들이 마침내 개가 되어 날뛰는 모습을 나는 흐뭇하게 바라보았다. 왜 저래. 나의 개들은 웃음이 나는 짓도 서슴지 않았다. 고함을 지르며 우다다 와다다 혼비백산 도망치는 시늉을 했고 바닥을 정신없이 긁다가 갑자기 달렸다. 서로 양양거리며 목이나 등에 앞발을 얹고 무는 시늉을 하며 놀았다. 목줄을 매지 않았을 때의 위용을 원 없이 과시하는 것 같았다. 나는 과장되게 웃으며 개답구나, 했다. 목줄을 매지 않은 나의 개들은 어느 때보다 더 개다워 보였다. 이제 그런 시간들은 굳어버렸지만. 엄마의 의자처럼.

엄마는 한동안 앉아 지냈다. 엄마 자신이 의자인 것처럼. 잘 때마저. 누우면 숨이 가쁘다고 했다. 실내 공기가 숨을 뺏는다고 했다. 엄마는 주차장 한편에 의자를 내어놓고 한 시간이고 두 시간이고 앉아 있기만 했다. 주차장으로 바람이 몰아쳐도 앉아 있기만 했다. 겨울이었고 생명이란 생명은 다 저물어 꼼짝도 않았다. 모두 굳은 곳에서 엄마는 엄마만의 시간을 살았다. 그 계절 내가 제일 많이 내뱉은 말은 '굳이'였다. 굳이 그렇게 앉아 있어야 해? 굳이 밖에서? 굳이 먹지도 않고? 짜증이 나고 번거로웠으나 가족의 도리로, 가족 된 의리로 나는 종종 주차장으로 내려가 엄마를 살폈다. 엄마는 의자에 앉아 있다기보다는 얹혀 있었는데 그도 그럴 것이 반토막 난 몸집 때문에 부피감이 느껴지지 않았을뿐더러 한 톨의 의지도 없는 사람처럼 보였다. 그러고 보니 나와 나의 개들에게 화를 낸 지도 오래였다. 엄마는 모든 것에 무심하거나 모든 것을 연민하면서 나무 의자에 앉아 시간을 보냈다. 흐트러짐 없이 단호하게, 그러면서도 온화하고 감미로운 기운을 내뿜으며. 그 모습은 선뜻 다가설 수 없는 근엄하고 장중한 분위기를 물씬 풍겼다. 나는 그러한 의외의 모습에 당황하며 멀찌감치 서서 엄마를 지켜보았다. 엄마는 정면을 주시한 채로 가만히 앉아 있다가 두어 번 무언가를 향해 손을 내뻗고는 다시 툭 떨어뜨렸는데 무엇을 잡기 위해 손을 내뻗은 것인지는 당최 알 수 없었다. 다만 이 장면이 어떤 식으로든 앞으로의 내 생을 지배하겠구나 막연하게 짐작했을 따름이다. 쥐새끼들 밥 멕일 시간 아니야? 엄마가 말했다. 나 있는 줄 어떻게 알았대? 쳐다보지도 않고선. 나는 엄마에게 가는 대신 뒤돌아 도어록 키패드를 눌렀다. 손발이 떨릴 만큼 배가 고팠다.

601호 아들이 다시 나타난 것은 그맘때였다. 601호 아들은 말문이 막힌 채로 살았고 601호 내외는 가벼운 인사 외에는 그 누구와도 제대로 된 대화를 나누지 않는 모양이었다. 그렇게 601호의 삶은 심연으로 가라앉았으나 소문만은 무성했다. 개중에는 낯 뜨겁고 볼썽사나운 추문도 더러 있었는데 그도 그럴 것이 그들의 드나듦에는 확실히 낯설고 이상한 데가 있었기 때문이다. 이혼했나? 엄마가 말했다. 601호 아저씨가 짐 몇 개와 아들을 챙겨서 나갔다는 것이다. 어디 가시냐니까 대답은 않고 잘사시라고 하대. 엄마는 이랬나 저랬나하며 결론도 나지 않을 궁리를 이어갔는데 나는 엄마가 그러거나 말거나 앞으로 그 집 아들 꼴을 보지 않아도 된다는 생각에 신이 났다. 그 후로도 엄마는 간간이 601호 아주머니가 젊은 사내를 들였다느니 그 사내가 부동산에 집을 내놨다느니 그 집 아들이 죽었다느니 죽였다느니 하는, 그럴 법도 하고 얼토당토않기도 한 말들을 전하곤 했다. 나로서는 그 말의 진위를 가릴 재간이 없는 데다가 엄마 말을 믿고 안 믿고 하는 것이 중요한 것도 아니어서 흘려듣는 게 일이었으나 밥통 사건 이후로 엄마가 601호 얘기를 꺼낼 때마다 신경이 곤두섰다. 엄마가 내게 전화하는 일은 매우 드물었는데 그 드문 일이 일어났고 그 일은 지금 생각해도 어안이 벙벙하다. 엄마는 빨리 들어와서 이것 좀 보라며 화를 내고는 대뜸 전화를 끊었다. 나는 저 너머의 엄마가 그토록 분통을 터뜨리는 이유가 뭘까 생각하다가 이유도 모르는 채로 버스에 올라탔다. 그러고는 명치에서부터 끌어모은 숨을 크게 내쉬었다. 또 한 번. 다시 한번. 그리고 숨은 내가 영원히 엄마를 이해하지 못하리란 절망으로, 어쩌면 증오로 이어졌다. 나는 유리창에 머리를 밀착시킨 채로 계속해서 숨을 몰아쉬었다. 지친다. 정말 지쳐. 나는 중얼거렸다. 하마터면 울 뻔했잖아. 울 뻔했네. 나는 다시 중얼거렸다. 엄마가 분통을 터뜨린 이유는 너무 뜻밖이었고 기가 막혔다. 밥통을 속아서 샀다는 것이다. 아무리 해도 열리지 않고 도무지 열릴 생각을 않는다는 것이다. 새 밥통이 아니라 헌 밥통이야 헌 밥통. 왜 저러지. 왜 저러는 걸까. 압력을 해제해야지. 시계 방향으로 돌려야지. 차근차근 설명하고 조목조목 알려준 후에도 같은 일이 두어 번 더 일어났다. 조마조마했다. 엄마의 마지막 숨결이 먼지구름처럼 일어나고 있었다. 엄마는 생각이 꺼지는 끝에 앉아 있었다. 나무 의자에.

언제 왔대? 다시 왔대? 완전히 왔대? 나는 공기처럼 앉아 있는 엄마를 흔들어 깨웠다. 엄마는 그저 웃었다. 그러고는 한참 후 말했다. 모르겠다 나도. 601호 아들은 그날부터 매일 엄마가 앉아 있는 의자 주변을 맴돌았다. 한자리에 서서 몸을 앞뒤로 몇 번 흔들고 겨우 한 걸음 내딛고 한 걸음 되돌리고 다시 한 걸음 내디디면서. 엄마는 멈춰 있고 601호 아들은 멈춘 채 움직이고. 그 모양새가 매일 반복됐다. 그리고 어느 날부터인가 엄마의 손에 꽃이 들렸다. 파꽃, 동국, 소국, 패랭이, 풍로초, 여우꼬리, 양귀비, 살거나 죽은 꽃들을 들고 엄마는 애연하게 앉아 햇볕을 즐겼다. 기묘하고 이상했다. 기묘하고 이상했는데 그게 그리 나쁘지 않았단 말이야. 나쁘지 않았다. 언제나 정면만을 응시하던 엄마는 601호 아들이 움직이는 방향을 따라 고개를 돌렸고 간혹 웃었다. 엄마가 웃었다.

엄마가 간 후 작은 방 문을 열어 고정시켜놓았다. 나의 개들은 작은 방에서 해방돼 낯선 구역을 점령했으나 우다다 와

다다 혼비백산 도망치는 시늉을 하거나 바닥을 정신없이 긁다가 갑자기 달리거나 서로 양양거리며 목이나 등에 앞발을 얹고 무는 시늉을 하며 놀지는 않았다. 엄마도 없고 목줄도 없었으나 나이가 목줄이 된 것이다. 나의 개들은 늙고 지쳐서, 늙고 지친 모습 그대로 이부자리에 널브러졌다가 간신히 일어나 오줌을 누고는 고개를 숙인 채로 어슬렁거릴 뿐 별다른 활기를 보여주진 않았다. 척추가 무너지고 뼈마디가 헐거워지고 피부가 말라가고 내장이 쪼그라들고 활력징후 역시 점차 사라지고 있었다. 나와 나의 개들의 생활 방식을 대대적으로 정비해야 할 때가 온 것 같았다. 와, 흰 벽돌담 많네? 나는 공간을 둘로 나눠 한편에 배변 패드로 줄담을 만들었다. 막돼먹은 놈처럼 아무 데나 오줌을 싸지 말라는 유순한 압박이었는데 더 늙은 개는 자기만의 방식을 따로 개발해 나를 놀라게 했다. 이부자리에 편안히 누워 오줌을 눈 다음 끼앵끼앵 나를 부르는 식이었다. 좋았다. 하루에 몇 차례쯤 이부자리를 빨면 그만이니까. 늙은 데다 백내장에 신부전 환자이기도 한 나의 늙은 개가 다치지 말고 시원하게 오줌 싸는 삶만 살았으면 했으니까. 어쩌다 배변 패드에 오줌을 누게 되면 나는 말했다. 천재 아니야? 천재네. 천재 맞네.

더 늙은 개는 나의 엄마처럼 먹지도 않고 움직이지도 않았다. 신부전 수치가 심전도 그래프처럼 오르락내리락했다. 수

치가 오를 때마다 더 늙은 개는 더 적막해졌다. 통조림을 으깨서 떠먹여도 도통 입을 열지 않았는데 나는 더 늙은 개와 지내며 늙으면 혓바닥 힘도 약해진다는 걸 알았다. 호기롭게 숟가락을 핥아도 입속으로 말아 넣지를 못했고 손등을 핥을 때마다 느껴지던 찰기도 사라졌다. 찰싹 달라붙어줘. 그렇게 허둥대지 말고 말이야. 듣지도 못하는 개에게 나는 매번 말했다.

더 늙은 개에게 밥을 먹이다가 이제 스스로 먹는 날은 오지 않을 것을 깨달았다. 늙은 개야, 밥을 먹어라. 체에 받쳐 내린 것을 주사기로 밀어 넣을 때마다 더 늙은 개는 헛구역질을 했다. 더 늙은 개는 음식을 토해내고 나는 심장을 토해내는 날이 지속됐다. 그 곁에서 덜 늙은 개는 우울증을 앓았다. 물끄러미 쳐다보다가 한 발 한 발 뒤로 물러나 결국 구석이 되고 졸고 자고 등을 굽혀 느리게 걷고. 덜 늙은 개의 등이 자꾸 굽었다. 낙타처럼 불쑥 솟은 등에 소외감과 슬픔을 차곡차곡 쟁여두는 일, 그것이 덜 늙은 개가 할 수 있는 유일한 보복인 것 같았다.

이제 그만 붙들고 있지? 봄이잖아. 더 늙은 개가 말했다. 조금만 더 붙들고 있게 해줘. 봄이잖아. 내가 말했다. 다시 봄이었다. 다시 봄 속에서 엄마의 손에 들려 있던 꽃들은 죽었거나 비로소 죽은 채 여전히 테이블 위에 놓여 있었다. 엄마

는 꽃을 좋아했는데. 나는 한 번도 엄마에게 꽃을 선물한 적
이 없었어. 그러고 보니 그랬다. 그러고 보니 질식사 얘기도
엄마에게서 들은 것 같다. 백합을 한아름 사 들고 와서 그랬
지. 누군가 백합 향기에 질식해 숨겼다고. 그러니 꽃에 코를
박고 쿵쿵거려선 안 된다고. 이상한 기분이 들었다. 꽃을 한
아름 사 들고 온 엄마도, 엄마 품에 안긴 꽃도 이상했다. 꽃
이 사람을 죽인다니. 이상하지. 이상했다. 다 이상하고 괴이
해서 나는 백합 곁에는 가지 않았고, 그러나 백합에 깊이 매
료됐다. 이상한 일이지. 이상한 일이다. 더 늙은 개가 엄마를
찾다가 병들어버린 것도 이상했다. 엄마는 나의 개를 사랑한
적이 없는데. 나의 더 늙은 개는 엄마가 사라진 후 엄마를 찾
는 일에 맹목적으로 몰두했다. 집 안 곳곳을 기웃거리고, 최
선을 다해 고개를 뺀 채 소파나 식탁 의자 위를 살피고, 엄마
방에 잠자리를 펴고, 엄마 옷 위에 앉아 울었다. 뀨우뀨우 울
었다. 저리 비키시지. 다 태울 거니까 저리 비키셔. 말해도.
어르고 달래도 내려오지 않고 한사코 엄마 옷 위에 앉아 뀨
우뀨우 울었다. 그렇게 한 달을 살다가 나의 더 늙은 개는 밥
을 끊었어. 밥을 끊었다.

이제 더 늙은 개는 내가 제 목숨을 좀더 붙들고 있을 거라
는 사실에 동의한 것 같다. 헛구역질을 멈췄고 주사기로 밀
어 넣는 양식도 제법 잘 받아먹는다. 간혹 입안 어딘가에 잘

숨겨놓고 삼키지 않는 식의 속임수를 쓰는데 슬며시 주둥이를 쥔다든가 코를 막으면 어쩔 수 없다는 투로 삼킨다. 이 사기꾼아! 더 늙은 개는 강마른 네 다리를 일으켜 거실 산책에 나서거나 햇빛을 깔개 삼아 앉고 적막한 귓속에서 들려오는 소리에 골몰하기도 한다. 더 늙은 개가 듣는 소리는 어떤 것일까 궁금하다. 궁금하지만 묻지 않는다. 개에게도 비밀이 있겠지. 비밀이 있을 거다. 비밀을 비밀로 남겨두는 것도 나쁘지 않다. 근데 너 때문에 자꾸 시큰해지잖니. 더 늙은 개의 모든 시간들이 내 몸속 어딘가를 자꾸 시큰하게 한다. 엄마를 볼 때도 그럴걸. 시큰할걸. 다시는 오지 말아요라니. 굳이. 굳이 말이다. 고개를 빳빳하게 들고 대들지 말걸. 잘 먹일걸. 먹지 않아도 먹일걸.

엄마가 간 후 나의 개들은 걷는 재능을 더 이상 발휘하지 않기로 결심한 것 같았다. 반대로 나는 없는 재능을 개발하기로 마음먹었어. 없는 재능을 개발하기로 마음먹었다. 내가 할 수 있는 후회란 그런 것이었으니까. 그런 것이었다. 안녕하세요. 내게 인사하는 재능이 있다는 것도 발견했다. 열두 세대 입주민들의 얼굴이 그제야 들어왔다. 아이구우 어째애 엄마가 그렇게 가서서 어째애. 601호 아주머니가 여전한 차림새와 여전한 말투로 알은체를 해도 내게 부과된 지겹고 귀찮은 의무라 생각하지 않고 인사할 수 있을 정도로 재능 있는 사람이 되었다고. 601호 아들도 여전했다. 아주 답답한 걸음을 답답하게 걷고 별난 말소리와 숨소리와 웃음소리를 흘리고 눈빛도 불안하다. 아픈 사람이니까. 어디가 아픈지는 모르겠지만 아픈 사람이니까 601호 아들에게도 안녕하세요 인사한다.

다소 외롭고 슬펐지만 나도 나의 개들도 다소 외롭고 슬픈 상태에 익숙해지고 있다.

나의 게으른, 늙은 개들을 데리고 집을 나선다. 더 늙은 개는 강보로 싸안고 덜 늙은 개는 유모차에 태운다. 우리를 이루는 모든 것들이 여전히, 낯설고 우스꽝스럽다. 낯설고 우스꽝스러워서 곧잘 웃는다. 애기 같네. 회춘했네. 회춘했어. 나의 개들을 번갈아 보며 말한다. 더 늙은 개는 강보에 싸인 채로 두리번거리고 덜 늙은 개는 유모차에 탄 채로 두리번거린다. 이제 내려달라거나, 내려달라거나, 내려달라는 말은 하지 않는다. 이제 저희도 걸음을 버틸 수 없다는 것을 안다. 더 늙은 개는 보이지 않는 눈으로 열심히 보면서 길을 간다. 들리지 않는 귀로 열심히 들으면서 길을 간다. 덜 늙은 개는 간혹 몸을 돌려 나와 더 늙은 개의 자취를 확인하면서 길을 간다. 하지만 너희는 냄새로 시간의 변화를 알아채는 종족이니 보이지 않는 눈으로도 들리지 않는 귀로도 불편한 다리로도 더 많이 보고 더 많은 것을 듣고 더 먼 곳까지 갈 수 있어. 갈 수 있다. 나는 웃고, 이 세상에서 가장 아름다운 생명체를 주시하면서 기억하면서 길을 간다. 나는 길을 간다. 예정된 상실을 조금씩 미루면서, 나는 길을 간다. 나의 사랑스럽고 지긋지긋한 개들과 함께.

없어야 할 것이 있게 되는 불상사

어머니가 죽는 꿈을 꾼다.

어머니는 죽었다.

어머니는 조금의 흐트러짐도 없이 집 안을 정돈했다. 있을 것들이 있을 자리에 있었고 없어야 할 것들은 없었는데 모든 일에는 예외가 따르는 법이어서 없어야 할 것이 있게 되는 불상사가 일어나기도 했다.

나는 없어야 할 것 중 하나였다.

내게 배꼽이 없는 것은 그 때문이다. 어머니는 나를 잉태한 적 없고 나를 낳았다.

없어야 할 것이 있게 되는 불상사.

그것이 내 이름이다.

사진에서 어머니는 웃고 있다. 면사포와 신부복 밑의 어머니는 작고 하얗다. 불거진 광대와 싱싱한 이빨을 지닌 여자. 억센 이마를 가진 여자. 형태가 허물어지기 전의 여자. 여자는 내 어머니다.

팽팽한 빛.

기적에 가깝군. 나는 말한다. 틈나는 대로 볕과 바람을 저장하고 있었던 게지. 나는 말한다.

사진은 합성한 것이다. 어머니의 시절에도 저쪽 몸뚱이에 이쪽 머리를 붙이는 식의 속임수가 있었다. 나는 그것이 웃긴데 어머니가 웃는 것처럼은 아니다. 어머니는 왜 웃나. 생면부지나 다름없는 남자의 아내가 될 것인데. 키만 훌쩍 큰, 고봉밥을 먹는 남자. 어머니가 앞으로 자주 깔보고 욕되게 할 남자. 훗날 내 아버지라 불리는 남자. 남자의 아내는 내 어머니다.

어머니는 사진 속의 여자에 대해 말하지 않는다.

어머니에게 사진은 증빙서류나 마찬가지다. 모년 모월 모시 아무개와 아무개가 혼례를 치렀다는 증빙.

어머니는 신부복 같은 건 입지 않아도 좋았다. 어머니는 협협한 여자다. 허울 좋은 일엔 관심이 없다.

거짓말이다.

어머니의 등은 싫증이 날 정도로 꼼짝 않았고 나는 어머니의 부러움 가득 찬 등을 바라봤다.

오후.

오후였다.

햇빛이 불쑥 뒤로 물러나며 층계로 내려가던 오후.

그 한가운데에서 노부부는 40주년 기념식을 치르는 중이다. 신부복을 입은 노인과 턱시도를 입은 노인. 신부복 위의 작약은 붉고.

아버지는 티브이 채널을 돌린다.

어머니는 돌아앉는다.

이제 어머니의 등은 보이지 않는다.

어머니는 죽었다.

며칠 동안 끊이지 않고 눈이 왔다.

옆집 개는 밤마다 호되게 앓았다.

앓는 소리가 벽을 타고 돌아다니며 집 이곳저곳에 그을음을 만들어냈다.

어머니는 벽에서 멀찌감치 떨어져 앉았다.

눈이 왔다.

나는 밤마다 호되게 앓았다.

나는 몸을 앞으로 굽혀 앉거나 모로 누운 채 바람병이 든 남자를 저주했다. 어머니는 아무것도 몰랐다. 죽음이 옮을까 전전긍긍하며 벽에서 멀찌감치 떨어져 앉아 있기만 했다. 나는 아무것도 모르는 어머니와 끊이지 않고 오는 눈을 바라보며 옆집 개가 앓는 소리를 들었다. 손바닥에서 땀이 배어 나왔다. 저주하는 일도 고되군. 나는 말한다.

어머니는 사진 속의 여자에 대해 궁금해하지 않는다.

나는 궁금했다.

궁금해서 때때로 상상했다. 어머니보다 형편이 나은 여자가 살았을 형편에 대하여. 무게감이 느껴지지 않는 코트를 입고 영혼까지 맑아지는 음식을 먹고 한겨울에 여름 휴가를 떠나고 늙어갈수록 삶이 더 수월해지고 무릎에서 뼈가 빠져나가지 않아도 좋은 삶의 형편에 대하여. 상상은 곧잘 벽에 부딪혀 고꾸라졌다. 살아보지 않은 형편을 상상하는 길은 대단히 협소해서 뚫고 지나기 어렵다. 나는 길의 초입에 억류되어 옴짝달싹하지 못한다. 사진을 합성하지 않아도 되는 형편을 사는 건 좋은 거지. 나는 다만 말한다.

몸뚱이는 갈아치우지 않는 편이 나았다.

어머니는 한복을 입고도 뚝섬유원지에서 물놀이를 할 줄

아는 여자다. 치마폭을 홈쳐 동여맨 품이 제법 늠름하다. 치맛자락 밑으로 드러난 허벅지와 종아리는 강단 있어 보이고 뒤로 젖혀 웃는 목젖은 활달하다. 대장부네. 나는 말한다.

어머니는 어머니의 어머니가 죽었을 때에도 조카딸이 죽었을 때에도 울지 않았다. 어머니가 죽을 때에도 울지 않았다.

나는 울었다.
어머니의 조카딸은 자살했다. 내 방에서.
나는 무서워서 울었다.

어머니의 언니는 물고기를 낚았다.
바닷가에 뿌리를 내리고 이리저리 휩쓸려 다니면서 물고기를 낚았다. 어머니의 언니는 자신을 가리켜 운이 좋은 사람이라고 했으나 그렇게까지 운이 좋아 보이진 않았다. 하나 있는 아들은 물에 갇혀 죽었고 하나 있는 딸은 목을 매 죽었다.
그곳엔 시체들이 많이 산다.
때때로 어머니의 언니는 물로 걸어 들어갔다가 뭍으로 걸어 나온다. 한 발. 한 발. 완만하고 규칙적인 속도로 움직이다가 한순간 밑으로 꺼지고 그렇게 한참을 있는다. 나는 눈을 똑바로 뜨고 어머니의 언니를 지켜본다. 그래도 좀체 해수면 위로 올라오는 순간은 포착할 수 없다. 센 머리카락과 파도

거품은 잘 분간되지 않는다. 하지만 곧 볼 수 있다. 바닷새들이 맴을 도는 정중앙에서 어머니의 언니는 바다를 뚫고 걸어나온다. 느닷없이. 한 발. 한 발. 그런 날이면 새벽까지 내 머리를 쓰다듬는다.

어머니의 언니는 눈을 뜨고 잔다.

나를 지키기 위해서다.

지독한 더위가 밤마다 이어졌다.

숨을 쉬기도 버거운 날들이 지속됐다.

어머니는 화강암이 깔린 진흙탕으로 갔다. 더위가 흘러넘치는 곳에서 어머니는 입을 하 벌리고 해풍을 맞았다. 해풍을 맞으면 이빨이 건강해진다고 했다.

어머니에게는 성한 이가 없다.

해풍 때문이 아니라 생쌀 때문이다. 어머니는 한 손에 생쌀을 쥐고 이리저리 돌아다니며 씹어 먹었다. 낮이고 밤이고 그랬다. 어둠 속에서 스스스 움직이며 생쌀을 씹어 먹는 모습은 을씨년스럽고 불길했지. 그랬다.

어머니는 생쌀을 씹어 먹다가 이빨을 빠뜨렸고 그 휑한 틈으로 생쌀이 후둑후둑 떨어졌다.

생쌀 때문에 어머니는 틀니를 갖게 됐다.

어느 때보다 건강해 보였다.

나는 조심조심 걸어 어머니에게 다가갔다. 어머니의 속눈
썹은 짧고 숱이 많다. 어머니의 코는 들창코다. 귀는 턱까지
늘어져 있다.

발밑에서 더위가 녹고 있었다.

나는 머리카락을 질끈 올려 묶고 어머니에게 갔다. 어머
니는 눈을 뚝 감고 입을 하 벌리고 해풍을 맞았다.

아직 이가 빠지기 전이다.

나는 어리다.

뜨거운 진흙탕 속에는 들어가지 않을 작정이다. 더위는
충분히 덥다. 나는 어머니에게로 가 한 팔을 물속에 찔러 넣
고 어머니의 젖을 주물렀다. 어머니는 젖꼭지를 하나 갖고
있다. 젖꼭지 하나는 물고기에게 뜯어 먹혔다고 했다. 나는
그 말을 몸을 떨며 들었다.

젖꼭지를 돌려달라고 물고기에게 기도한다.

기도는 이루어지지 않았고 어머니는 죽었다.

어머니가 죽는 꿈을 꾼다.

이전에는 어머니의 조카딸 꿈을 꾸었다. 밤마다 어머니의
조카딸이 달려왔다.

문고리에 길게 묶여 있는 끈. 어수선한 이부자리. 쥐어뜯긴 장판. 가마우지처럼 검게 변한 피부.

문고리에 묶여 있는 끈은 내 셔츠를 찢어 만든 것이다. 아끼던 건데. 나는 말한다. 망할 년. 나는 말한다. 독한 년. 나는 말한다.

문고리 끝에서 어머니의 조카딸은 숨통이 끊어질 때까지 버둥거렸다. 그리고 끝내 숨통을 끊었다.

어머니의 조카딸은 내 아버지에게 발견됐다. 아버지는 더러 내 방에 들러 먹을 것을 넣어준다.

다정한 사람.

그날도 그랬을 것이다.

나는 어수선한 사태를 거두어 바로잡은 후에야 내 방으로 갔다. 나는 모든 것을 목격해도 좋을 만큼 충분히 크지 못했다.

어머니의 조카딸은 내 방에서 자살했다. 이유는 모른다. 나는 그런 것을 알아도 좋을 만큼 충분히 크지 못했다.

나는 점점 커졌지만 어머니는 여전히 아무 말 없다.

없어야 할 것이 있게 되는 불상사.

그런 것에겐 말을 아껴야 한다.

하지만 나는 안다. 사는 게 지루했겠지. 나는 말한다. 지루해 죽겠어. 그런 거다.

울지 않는 어머니는 이사하지 않고 나는 입때껏 문고리 밑으로 축 늘어져 있는 끈을 본다.

혼자 지내기에 나쁜 방이다.

어머니의 언니는 세상에서 가장 큰 생물이 자이언트 세쿼이아라고 했다. 나는 흰수염 고래라고 했다. 어머니의 언니 말이 맞았다.

자이언트 세쿼이아는 구름을 넘는 키와 집 한 채보다 넓은 둘레를 지녔다. 3천 년은 훌쩍 살아낼 정도로 수명도 길다.

나는 수십 미터 떨어진 곳에 비스듬히 눕는다.

한눈에 보기 위해서는 나를 작게 만들어야 한다.

크고 큰 나무는 하늘 같다.

하늘이 있다면 그게 자이언트 세쿼이아일 것이다.

신이 아니라.

나는 풀이 등짝을 찔러대는 곳에 누워 있다.

어머니의 언니에 의하면 자이언트 세쿼이아의 운명은 고약하다. 불이 나야 씨앗을 퍼뜨릴 수 있고 1미터나 되는 두께의 나무껍질에 물을 보관하고 그것으로 몸을 식힌다. 7일 동안 산불이 계속돼도 살아남을 수 있는 것은 그 때문이다. 산불이 꺼지면 그 열기로 씨를 뿌린다. 좋은 거네. 좋네. 나는 말한다. 어머니의 언니는 웃는다.

3천 년을 살기 위해서는 수십 차례의 산불과 수많은 죽음을 보고 견뎌야 한다.

나는 자이언트 세쿼이아로부터 수십 미터 떨어진 곳에 누워 위험으로부터 도망치려는 생명들을 상상한다.

도망칠 수 없는 자이언트 세쿼이아의 뿌리를 상상한다.

영구차들이 숲으로 들어가 영원히 죽는 모습을 상상한다.

불은 산을 다 태우고 흰 연기로 몸을 바꾸어 입고는 오만하게 이곳저곳 휘몰아 쓸고 다닌다. 죽은 것들과 죽어가는 것들의 폐로도 비집고 들어간다. 불씨는 타닥거리고 타다 만 나무는 우지끈 가지를 부러뜨린다. 그제야 자이언트 세쿼이아는 씨앗을 퍼뜨린다. 그러니까 죽음의 땅에.

나는 나무니까. 나는 나무니까. 하고 울며. 못내 살아남는 일. 몹쓸 일.

어머니의 언니는 강해서 죽지 못하는 것에 대해 말한다.

어쩐지 마지막으로 살아남는 자는 되고 싶지 않다.

단숨에 거절하는 법을 배워야 한다. 그게 뭐든.

또 다른 여름.

어머니는 쪽마루에 걸터앉아 있다. 단정하게 빗어 넘긴

머리와 단단한 입매, 불거진 광대에 얹힌 홍조가 어머니에게
예기치 못한 빛을 드리웠다. 어머니는 대나무 부채를 느릿느
릿 부치며 그보다 더 느릿느릿한 말투로 말했다.

나는 어머니의 말을 귀담아듣지 않았다.

어머니에게 없던 모습을 샅샅이 보기 위해서 귀를 다물
었다.

어머니보다 열 살 어리고 나보다 스무 살 많은 남자의 이
야기는 전혀 흥미를 끌지 못했다. 퍽 잘사는 일은 남자의 일
이지 내 일이 아니다. 그런 남자와 사는 게 나를 끄집어 올려
도 나는 기쁘지 않을 게 분명했다.

내게는 고소공포증이 있다.

어머니는 입을 다물었다. 다시 억세고 꿋꿋하고 고집스러
운 모습으로 돌아갔다.

나는 죄책감에 시달린다.

퍽 잘사는 남자와 사는 일이 어머니와 무슨 연관이 있는
것인지, 아무 말 않고 어머니를 바라본 것이 어째서 수긍의
의미를 띠게 된 것인지 나는 알지 못한다.

알지 못하면서 죄책감에 시달릴 수 있다는 것은 신기한 일
이다.

어느 날 어머니가 한 말에 따르면 호되게 앓는 것을 죽이

지 않으면 호되게 벌을 받아 마땅하다.

옆집 개는 밤마다 호되게 앓는다.

나는 밤마다 호되게 앓는다.

바람병 든 남자는 지루하도록 오래 바람 들어 있다.

바람병 든 남자는 나와 옆집 개를 죽여야 한다. 그것이 바
람병 든 남자에게 부과된 벌이다.

그 일은 해변에서 일어났다.

태어나 처음으로 맞이한 열한 살에.

파도 소리가 장송곡처럼 들리는 곳에서.

커다랗고 검은 바위.

검푸른 이끼.

검고 깊은 바다.

두껍고 기다란 구름.

비가 쏟아졌다. 나는 이를 딸깍딸깍 맞부딪치며 떤다. 옴
짝달싹도 할 수 없는 시간들이 이어진다. 때마침 어머니의
언니가 당도한다. 어머니의 언니는 한 손으로 내 몸을 낚아
채고 다른 한 손으로 내 눈을 짓눌러 가린다.

나는 사체에서 눈을 떼지 못한다.

사체는 좌초된 배 위에 침착하고 단정하게 누워 있다. 누
군가 공들여 꼼꼼하게 매만진 것 같다.

사체의 피부는 지나치도록 희고 흰 셔츠 밑으로 드러난 쇄골은 깊고 매끈하고 큰 눈은 하늘을 응시하고 입술은 추위로 새파랗고 두 다리는 가지런히 밑으로 뻗어 있다.

부패는 진행되지 않았다.

고요하다.

선량한 정적이 사체를 감싸고 있다.

사체는 휴식을 취하며 자기 자신을 회복시키려는 것처럼 보인다.

무서우면서 아름다웠어. 나는 말한다.

나직하고 고요한 아름다움이었어. 나는 말한다.

사체에겐 불기가 필요하다.

방학이면 바다로 가 지냈다.

어머니의 언니는 섬세한 사람이다. 억센 바람과 함께 사는 사람 같지 않다. 너무 덥거나 춥지 않게 실내 온도를 유지할 줄 안다. 날씨와 어울리는 음악을 틀거나 날씨뿐인 하루를 만들 줄 안다. 때맞춰 불을 켤 줄 안다. 제자리에 있거나 제자리에서 벗어난 물건들에 아량을 베풀 줄 안다. 과하게 다가오거나 멀리 가지 않는다. 우리는 둘이 만났다가 하나가 되는 일을 번갈아 하며 지냈다.

나는 동틀 때 일어났다.

동트는 것을 바라보는 어머니의 언니는 아름답다.

어머니의 언니는 바다를 향해 앉아 있다. 아직 어두울 때부터 줄곧 앉아 있다. 등에서 여송연 냄새가 난다. 매캐하고 향긋하다. 굽은 등. 내려앉은 어깨. 희고 선 머리카락. 모든 게 좋고 슬프다.

어둠이 걷히기 시작한다. 어머니의 언니가 고쳐 앉는다. 등이 조금 펴지고 어깨에도 부드러운 각이 생긴다.

나는 수평선에 태양이 떠 있을 때쯤 집으로 돌아간다. 이부자리를 정돈한다. 조금 더 자두는 게 좋다. 집 안이 버터향으로 가득 찰 때 깨어나는 게 좋다.

어머니의 언니는 버터향을 잔뜩 묻히고 와 나를 안아준다.

나는 의기양양하게 일어난다.

우리는 종종 땅에 떨어진 살구를 주워 먹는다.

나는 흙을 털어 먹고 어머니의 언니는 살구도 먹고 흙도 먹는다. 흙 먹으면 기생충 생긴댔는데. 나는 말한다. 어머니의 언니는 웃는다.

어머니의 언니는 꽃냄새에 홀려서 흙을 먹기 시작했다고 그랬다.

꽃냄새가 유독 짙었던 밤. 어머니의 언니는 홀려서 마당으로 나갔다. 하얀 땅. 꽃으로 뒤덮인 땅. 그대로 꽃나무인 땅.

달빛을 덮고 있는 땅. 어떤 신비도 없이 그저 아름다웠던 날.

어머니의 언니는 밤새 꽃을 주워 먹다가 그대로 잠들었다. 따뜻하고 푹신해서 매일 밤을 그렇게 보냈다. 그게 그렇게 좋았어? 나는 말한다. 어머니의 언니는 웃는다.

얼마 안 가 떨어진 꽃들이 누렇게 변했고 하루가 다르게 생기를 잃다가 돌연 사라졌다.

어머니의 언니는 슬프지 않았다. 다음 해에 다시 꽃이 핀다는 것을 알고 있었으니까. 그것이 땅이 하는 일이었으니까.

어머니의 언니의 어머니는 질겁을 했다. 저 아이의 몸속에 정령이 깃든 게 분명해, 하며 동네 만신을 불렀지만 소용없었다. 그래서 계속 꽃을 먹었어? 흙도 먹고? 나는 말한다. 어머니의 언니는 웃는다.

우리는 또, 때로 걷는다.

됐다 싶으면 내가 멈춰줄게. 나는 말한다. 그렇게 하지 않으면 어머니의 언니는 영원히 걷는다. 어머니의 언니는 걷는 법은 알지만 멈추는 법은 모른다. 걷다 보면 다른 것이 되기 때문이다.

가령 느티나무.

느티나무의 생을 입고 느티나무의 시선으로 세상을 바라보기.

가령 해가 되고 돌이 되고 돌 틈에 끼어 올라온 풀이 되고.

가령 종소리가 된다. 마을 곳곳을 돌아다니고.

온갖 것들이 들어와 살다 나간다.

걷다 보면 다른 것이 되는 어머니의 언니를 나는 잘 멈춰준다.

사진 속에서 어머니는 웃고 있다.

나는 어머니에 대해 아는 것이 얼마 없다. 어머니는 자신의 이야기를 하지 않는다. 어렸을 때 큰 홍수를 겪었고 호되게 앓는 날이 많았고 어머니의 어머니와 어머니의 아버지가 어머니를 채 키우지 못한 채 죽었고 학교에는 어머니의 언니만 갈 수 있었고 상경한 후 양장점에서 일한 적이 있었고. 내가 아는 것은 그 정도다.

빚 받으러 갔다가 아버지만 받고 말았다는 것도 안다. 양장 일을 하면서 모은 돈은 말끔하게 사라졌다. 빚쟁이는 빚 대신 남자를 갚았다.

젊은 어머니는 모험을 강행할 정도로 낭만적이었으나 어머니의 낭만은 버틸 수 없는 것이 되었다.

낭만은 모든 종류의 흠집과 상흔으로부터 깨끗한 나이에만 가능한 거지. 나는 말한다.

어머니는 사진을 찍으러 갔다. 최고급 옷감으로 만든 투피스와 비로드로 만든 구두를 신고 잘 걸어갔다. 나도 그곳에서 돌 사진을 찍었다. 상여 꾸미듯 오색의 색깔로 치장한 곳이다.

어머니가 웃는다.

훗날 내 아버지가 될 남자의 팔짱을 끼고 웃는다.

사진사가 웃어요 말하지 않아도 웃는다.

밝은 미래에 대한 고결한 믿음을 안고 웃는다.

삶이 멋대로 펄럭일 테지만 그런 생각은 하지 않는다. 그저 그냥 웃는다.

첫아이가 죽고 잉태하지도 않은 아이를 낳게 될 테지만 그런 생각은 하지 않는다. 그저 그냥 웃는다.

어머니의 웃음이 찰칵.

어머니의 딸은 태어난 지 여섯 달 만에 죽었다. 배가 부풀어 올라 터져 죽었다. 까맣고 갸름한 아이였지. 팔다리가 길쭉한 아이. 숱 많고 까만 머리칼을 가진 아이. 우는 소리가 고왔던 아이. 솜털이 천사의 깃털처럼 선량했던 아이.

어머니는 최고급 옷감으로 만든 투피스와 비로드로 만든 구두를 팔아 만든 돈으로 나의 언니를 병원에 데려갔다. 의사가 처방전을 건넸다.

조금 더 일찍 팔아야 했음. 처방전엔 그렇게 적혀 있었다.

어머니는 어머니의 딸을 허름한 산에 묻었다.

너무 늦게 최고급 옷감으로 만든 투피스와 비로드로 만든 구두를 판 아버지도 함께 묻었다.

어머니가 죽는 꿈을 꾼다.

어머니는 죽었다.

어머니는 죽었는데 어머니가 죽는 꿈을 꾼다.

내 꿈속에서 어머니는 매일 살아나고 매일 죽는다.

이따금 나는 어머니의 젖꼭지를 물어뜯고 물고기에게 던져준다. 어머니는 아무것도 키우지 못한다.

지독한 더위로 진땀이 흘렀다. 더워 죽을 지경이야. 나는 말한다.

어머니의 언니가 마당으로 내려가 펌프에 물 한 바가지를 퍼부었다.

물도 마중을 나간다.

물을 마중하기 위해서는 물을 주어야 한다.

펌프질을 시작하고 끼긱끼긱 펌프가 요동치고. 펌프는 지팡이를 든 꼬마 병정처럼 생겼다. 둥글고 통통한 어깨를 지닌 꼬마 병정. 꼬마 병정의 팔에서 물이 쏟아졌다.

어머니의 언니가 나를 마당에 엎치고 물을 뿌렸다. 파랗고 높고 시원한 여름이 들어찼다. 나는 뿌우뿌우 웃는다. 자꾸만

뿌우뿌우 웃는다. 펌프가 계속 계속 웃음을 길어 올린다.

나는 마중물처럼 바람병이 든 남자를 마중 나갔지.

잘 웃게 하기 위해 잘 웃고 잘 먹이기 위해 잘 만들고 잘 재우기 위해 잘 눕고 잘 가게 하기 위해 잘 기다렸지.

나는 허둥대는 작은 인간 같았는데,

바람병이 들었을 줄 누가 알았담.

어머니는 나를 윗목에 밀어둔다.

나는 희고 둥글다. 팔다리가 짧고 숱이 적고 힘 없는 머리칼을 지녔고 우는 소리가 우렁차고 솜털 대신 털이 수북하다. 나는 여러모로 어머니의 딸을 닮지 않았다.

그래서 어머니는 퉁퉁 부은 젖을 짜내 수챗구멍으로 흘러가도록 내버려둔다. 내가 악다구니질을 해도 소용없다. 너무하네. 나는 말한다.

나는 가까스로 살아났다.

사진 속의 어머니는 웃고 있다. 사진은 합성한 것이다. 신부복을 입은 몸뚱이는 어머니보다 형편이 나은 사람의 것이다. 어머니는 머리도 제 것, 몸뚱이도 제 것인 줄 안다. 상여 꾸미듯 오색의 색깔로 치장한 사진관이 아닌 줄 안다. 들꽃이 한창 탐스럽게 성할 무렵의 들판인 줄 안다. 아니라고 몇 번을 말해도 몇 번을 그렇게 안다.

어머니는 벽에서 멀찌감치 떨어져 앉았다가 생쌀을 쥐고 씹어 먹는다. 밤마다 아무런 목적도 없이 집 이곳저곳을 어슬렁 돌아다니며 생쌀을 씹어 먹는다.

어머니의 이빨은 튼튼하다.

어머니의 이빨은 비싼 것이다.

신부복만큼이나 비싼 것이다.

어머니는 칼을 쥔 채 죽었다.

어머니는 거듭 죽지 않는다.

죽음이 올 때마다 칼로 찔러 죽인다.

어머니에게는 죽음이 오면 찔러 죽일 칼이 필요했다.

나는 어머니가 건넨 벼락 맞은 단풍나무를 들고 나선다. 딸의 명패가 될 뻔했던 것이다. 어머니의 딸은 태어난 지 여섯 달 만에 죽었다.

여기에 칼을 박으면 그럴듯하겠군. 나는 말한다.

주머니칼은 어머니 손에 딱 들어맞는다.

칼집에 새긴 작약은 노부부와 40주년 기념일을 보낸 작약보다 붉다.

솜씨 좋은 인부가 솜씨 좋게 만든 것은 보기 좋다.

모양도 매끈하고 움직일 때마다 날카롭고 높게 울리는 소리가 난다.

정말 들려? 땅이 숨 쉬는 소리가 들려? 나는 말한다. 어머니의 언니는 웃는다.

어머니의 언니가 나를 숲으로 데려간다.

어머니의 언니는 땅에 귀를 바짝 붙이고 엎드린다. 손바닥으로 땅을 톡톡 건드린다. 나는 땅에 귀를 바짝 붙이고 엎드린다. 아무 소리도 안 들리는데? 나는 말한다.

땅은 소리를 내지 않는다. 내 귀에는 이상이 없다.

어머니의 언니는 한참을 더 땅에 붙어 땅의 심장과 자신의 심장이 함께 둥둥 뛰는 소리를 듣는다. 동일한 속도로 두 개의 심장이 하나가 되는 소리를 듣는다.

땅은 품위 있고 공평하게 자신의 생기를 나누어준다.

불행이 불행의 옷을 입을 수 있도록 돌봐준다.

어머니의 언니가 물로 걸어 들어갔다가 뭍으로 걸어 나온다.

언제까지나 집으로 돌아온다.

내게 버터 바른 빵을 구워준다.

나를 안아준다.

나는 다시 땅에 귀를 바짝 붙이고 엎드린다.

풀벌레가 칫칫 우는 소리. 풀잎이 쏫슷 움직이는 소리.

땅의 숨소리는 들리지 않는다. 거짓말쟁이. 나는 말한다.
그렇지만 상관없다.

어머니의 언니가 내 옆에 있다.

어머니의 언니는 해변에 앉아 동트는 것을 바라보고 때때
로 물로 걸어 들어갔다가 뭍으로 걸어 나오고 나는 바다에서
지낸다.

우리는 서로 안아준다.

우리가 아직 소년이었을 때

남자는 죽은 듯했다.

남자에게 도착하기 위해서는 50미터가량 더 가야 했고 정체는 계속됐다. 무더운 날이었다. 뜨거운 햇빛과 눅눅한 대기. 바람은 보이지 않았다. 나는 때맞춰 에어컨 가스를 채워 넣은 것에 안도했다. 그렇더라도 습기까지 어쩔 수 있는 것은 아니었다. 물티슈로 손을 닦아내면서 나는 정체가 언제쯤 풀리게 될지, 남자를 수습하기 전에 남자에게 도착할 수 있을지 생각했다. 남자를 꼭 봐야 할 이유는 없었다. 죽음의 방식은 달라도 죽음의 형태는 같았다. 죽음에 각별한 호기심을 갖고 있지도 않았다. 내게 죽음은 스캔들이 아니라 존재 그 자체였다. 그냥 거기 있는 것. 아무 때나. 어디에나. 공기처럼. 숨처럼.

　나는 사고 현장을 바라보다가 1미터쯤 전진하다가 다시
서는 짓을 반복하며 남자의 죽음을 확신했다. 남자가 내 안
으로 들어와 자신의 죽음을 알려주는 것 같았다. 남자에게
다가갈수록 내 안에 들어와 있는 남자의 부피는 커졌고 확신
도 그랬다. 차량의 흐름 역시 둔탁해졌다. 차들은 속도를 늦
추고, 멈추고, 창밖에 펼쳐진 광경을 바라보았다. 순전한 호
기심 아니면, 순전한 호기심으로. 남자에게 조금 더 다가갔
고 더 많이 다가갔고 마침내 남자에게 도착했다. 그리고 남
자를 지나쳐 가속페달을 밟았다. 반대편 차선으로 사이렌을
켠 차들이 지나갔다. 죽음은 금세 수습될 것이었다.

　남자가 내 안에 들어온 순간, 들어와 자신의 죽음을 알린
순간, 나는 알아챘다. 내가 유우에게 이미 오래전부터 지쳐
있었다는 사실을. 나는 유우에게 이미 오래전부터 지쳐 있었
다. 유우도 마찬가지일 것이었다. 유우와 나 사이에는 아무
것도 없었고 아무것도 없다는 것이 우리를 지치게 했다. 창
도 문도 벽도 지붕도, 평평하거나 때로 울퉁불퉁해 보이는
평야도 없었고 평야를 끼고 도는 하천도 없었고 한 마리 새
도 없었다. 활기를 띤 바다도, 물거품도, 바닷가로 밀려오는
해초도, 신선한 안개도, 먼지투성이 길도, 깎아지른 듯한 빌
딩도, 현란한 조명도, 새벽녘에 꺼지는 가로등도, 길게 뻗은

그림자도 없었고 음악도, 위트 있는 취객도, 다투는 이웃도, 화가 난 클랙슨 소리도, 졸린 하품도 없었다. 있는 것이 없었다. 처음부터 없었던 것인지, 있었던 것이 없어진 것인지, 있었다고 착각한 것인지는 몰라도 있는 것이 없었다. 남자가 내 안에 들어온 순간 모든 것이 명백해졌다.

나는 이미 오래전부터 지쳐 있었던 우리를 포기했다.

유우는 우리가 헤어져야 한다는 사실을 쉽게 받아들였다. 생각했던 것보다 더 쉽게 받아들였는데 더 쉽게 받아들였다는 사실 때문에 비로소 이별에 어떤 슬픔 같은 것이 덧씌워졌다. 그뿐이었다. 슬픔마저 잠잠해졌을 때—돌이켜보면 그 슬픔은 이별 자체나 유우를 잃었다는 상실감에서 비롯된 것이 아니라 유우와 내가 축적해온 시간에 대한 자조에서 비롯되었던 것 같다. 그리고 어느 정도의 시간이 흐르자 그 슬픔에 또 다른 기류가 끼어들었다. 시간의 축이 다른 곳으로 옮겨가고 옮겨간 데서 시작된 시간이 지금과는 다른 방식의, 다른 형태의 움직임을 갖게 된 것이다. 가장 곤란했던 부분은 시간의 짜임이 헐거워진 것이었는데 그랬으므로 나는 쑥쑥 빠져나간 시간을 메우지 않으면 안 되는 처지에 놓이게 되었다. 시간을 메우는 방법은 무궁무진했다. 바다나 산이나 사막으로 갈 수도 있었고 이상한 관습들에 의해 운용되는 작은 마을이나 섬으로 갈 수도 있었고 다소 야수적인 지역심이나 애국심을 관람할 수 있는 경기장에 갈 수도 있었고 책을 조롱하며 텅 비어 있는 도서관에 갈 수도 있었다. 전차가 서지 않는 역에서 하룻밤을 보내는 일도 가능했다. 그곳에서 높은 첨탑 위로 강렬하게 타오르는 노을을 바라보는 일도 가능했다. 사소하고 소소한 일상을 살아보는 일도 나쁘지 않을 것이었다. 슬리퍼를 끌고 영화관에 가거나 뜨거운 아스팔트 위에서 아이스크림을 핥거나 다혈질인 기사가 모는 택시에 앉아 온몸을 긴장시키거나 강가에 앉아 비둘기가 내려앉는 모습을 바라보는 것도 괜찮았다. 움직이지 않고 움직이려하지 않는 유우와는 할 수 없는 모든 일을 실행하는 것, 그것만으로도 헐거워진 시간을 어쩔 수 있었을 것인데 안타깝게도 나는 도무지 흥이 나지 않았고 시도해볼 엄두 역시 나지 않았다. 이별이 생각했던 것보다 더 쉬웠던 것과 마찬가지로 내가 유우에게 익숙해진 일 역시 생각했던 것보다 더 고약했던 모양이었다.

나는 꼼짝도 하고 싶지 않았고 꼼짝도 하고 싶지 않았으므로 꼼짝도 하지 않은 상태에서 할 수 있는 일에 골몰했다. 예컨대 책을 읽었다. 음악을 들었다. 잠을 잤다. 잠들기 전에 읽었던 책과 잠들기 전에 들었던 음악을 꿈에서 재현시키기도 했다. 나는 선반에 놓인 포도주 병으로 손을 뻗다가 선반 위쪽의 환기구를 통해 밖을 내다보게 되었다. 그 구멍으로 구부정한 노인이 사이프러스 나무 아래 앉아 있는 모습이 보였다. 그리고 그의 앞에는 파란색 나팔꽃 한 송이를 든 소년이 서 있었는데, 특별히 어떤 것을 쳐다보는 것도 아닌 채로 앞쪽을 응시하는 소년의 눈빛 때문에 나는 그만 얼어붙고 말았다. 두려우면서도 매혹적인 눈빛이었다.* 구불구불한 머리카락을 어깨까지 늘어뜨리고 상앗빛의 부드러운 천을 휘감고 하얗게 빛나는 맨발을 한 모습 또한 그랬다. 어깨에 걸친 상앗빛 천은 한쪽 가슴과 복부를 드러낸 채 성기와 허벅지를 감싸고 있었는데 편편한 가슴 위로 도드라진 젖꼭지는 복숭앗빛으로 반짝였고 납작한 복부에 박힌 배꼽은 잘 여문 씨앗 같았다. 몸을 지탱하는 관절과 근육도 섬세하고 유연하고 우아했다. 소년은 신비로울 정도로 아름다웠으며 꼭 그만큼 변덕스럽고 심술 맞아 보이기도 했다. 하지만 그런 위협적인 요소에도 불구하고 소년이 뿜어내는 매혹은 어쩔 수 있는 것이 아니었다. 나는 그 구멍에 눈을 갖다 댄 채 얼어붙었고 그렇게 영원히 얼어붙어 있기를 간절히 바랐다. 그러나 질투에 사로잡힌 꿈이 나를 밀어냈다. 나는 차마 꿈에서 밀려 나오

* 사데크 헤다야트, 『눈먼 올빼미』, 공경희 옮김, 연금술사, 2013, p. 26 중 일부를 활용했다.

우리가 아직 소년이었을 때

며 깊은 한숨을 내쉬어야 했다. 꿈에서 나와 눈을 질끈 감았을 때에야 나는 그 꿈이 잠들기 전에 읽었던 책의 재현임과 동시에 유우를 재현한 것이라는 사실을 알아챘다. 우리는 소년일 때 만났다. 꿈속의 소년처럼 가냘프고 연약하고 부드럽고 나른하고 그러면서도 활기에 넘쳐흐르고, 그리고 아이도 아니고 어른도 아닌 때—비로소 나는 움직이기 시작했다.

우리는 소년일 때 만났다. 유우가 소년이었고 내가 소년이었을 때. 아이도 못 되고 어른도 못 되었던 때. 여성과 남성을 동시에 지니고 있던 때. 여성도 남성도 못 되었던 때. 기이한 일이기는 하지만 어떤 만남은 너무도 강렬해서 서사를 허용하지 않는 것 같다. 섬광이 펼쳐지는 한순간. 주변부는 빛으로 얼룩지고. 빛만 남아 빛 외에는 아무것도 보이지 않는 것. 나는 오전 시간을 어떻게 보내야 할지 몰라 당황하고 있었다.

그것만은 기억난다. 막 빛이 시작됐고 시작된 빛 속에서 유우가 걸어 나왔으니까. 걸어와 모든 것을 지우고 그 자신이 빛인 곳에서 빛이 되었으니까. 아직도 그때를 생각하면 한기가 느껴진다. 여름이었는데도. 활활 타는 여름이었는데도. 가늘고 부드러운 그림자가 내게 다가왔다. 유우가 등진 빛 때문에 일렁이고 흔들리던 그림자는 거리를 좁힐수록 뚜렷하게 형체를 드러냈고 색채 또한 분간할 수 있을 정도로 짙어졌다. 유우가 거기 있었다. 한 소년. 영혼을 얼어붙게 만든 한 소년. 유우가 나를 향해 손을 뻗었던 것을 기억한다. 같이 갈래? 하고 유우가 나를 향해 얇고 가냘픈 손을 뻗었던 것을 기억한다. 유우가 나의 손을 잡은 순간 얼어붙은 내 손끝으로, 손끝에서부터 시작해 손바닥으로 손목으로 다시 팔로 온몸으로 온기가 전해졌고 나는 서서히 녹으며 생기를 되찾아갔다. 우리는 달렸다. 손을 맞잡고. 나는 달렸다. 유우의 손을 잡고. 유우의 손을 놓칠까 두려움에 떨며. 너무 두려워서 이가 딱딱 맞부딪쳤다. 여름이었는데도. 활활 타는 여름이었는데도. 유우는 여러 가지 색깔이 뒤섞인 스윔 팬츠를 입고 있었는데—복장으로 봐서는 우리가 처음 만난 곳이 바닷가였을 확률이 높으나 내가 처음 바닷가에 간 것은 성인이 된 이후였으므로 우리가 처음 만난 곳이 바닷가였을 거라는 생각에는 신빙성이 없다. 하지만 기억이라는 것은 왜곡되거나 변형되기 마련이고 그렇다면 내가 처음 바닷가에 간 것이 성인이 된 이후라는 기억도 신뢰할 만한 것이 못 된다. 물론 유우가 스윔 팬츠를 입고 있었다는 기억도 마찬가지일 것이었다. 그러나 나는 유우의 치골을 아슬아슬하게 붙들고 있던 그 요란한 색상의 팬츠를, 매끈한 팔다리를, 편편한 가슴과 그 위로 도드라진 복숭앗빛 젖꼭지를, 납작한 복부를, 복부

중앙에서 숨 쉬고 있던 잘 여문 씨앗 같은 배꼽을 생생하게 기억한다. 유우의 가늘고 부드럽고 날렵한 몸이 물기에 젖어 있었다는 것도. 그것 말고도 작은 모래 알갱이들. 유우의 몸이 달빛처럼 차갑고도 흐릿한 빛을 뿜어내도록 부추기던 모래 알갱이들. 유우는 입을 반쯤 벌린 채로 웃고 있었는데 옆으로 가늘게 뻗은 눈은 우수에 젖어 있어서, 그 둘이 만들어낸 모순과 매혹 때문에 나는 어쩔 도리 없이 슬퍼졌고 나도 모르게 그 슬픔 속으로 빨려 들어갔다. 나는 처음 만난 날의 유우를, 유우와 맞닥뜨렸을 때의 내 감정을 정확하게 기억한다. 정확하게 기억한다고 생각한다. 설마 이 기억도, 내가 정확하다고 생각하는 이 기억도 왜곡된 것일까. 어떤 기대나 열정이 빚어낸?—내가 첫인상에 대해 말할 때마다 유우는, 자신은 한 번도 여러 가지 색깔이 뒤섞인 스윔 팬츠를 가져본 적이 없다고 말했다. 글쎄, 네 기억들이 어디에서 오는지는 모르겠지만. 이제 상상 속에서 살 나이는 지났잖아? 유우는 말했고 우리는 다퉜다. 기억의 진위를 가리기 위해서였을 것이다. 결론을 낼 수 없으리라고 생각했음에도. 유우에게 내 기억을 응원할 마음이 없다는 것을 알았음에도.

비로소 나는 움직였다. 해가 저물고 있었다. 차 키를 쥐고 무작정 집을 나서며 내비게이션을 켜지 않고 갈 수 있는 곳이 어디일까 생각했다. 얼마 되지 않았다. 차에 시동을 걸고 골목을 빠져나오며 고속도로 쪽으로 방향을 잡았다. 되도록 멀리 가려면 되도록 먼 곳으로 가야 했다. 빨리 벗어나고 싶기도 했다. 그러나 그것은 내 의지대로 되는 게 아니었다. 의지대로 먼 곳으로 갈 수는 있었으나 의지와는 다르게 정체는 계속됐고 나는 두 시간 넘게 서울을 벗어나지 못하고 있었다. 서울은 사람을 붙들고 놓아주지 않는 도시다. 사람들은 이곳의 무자비와 무질서를 견딜 수 없어 하지만 자신이 무질서의 한 질서를 만든다는 사실을 깨닫지 못한 채로 견딜 수 없는 이곳을 견디며 살아간다. 차디찬 바람과 뜨거운 바람이 광장과 강을 가로지르는 곳에서. 얼고 타들어가면서.

조바심이 일었다. 미리 행선지를 정해둔 사람처럼. 약속 시간을 정해둔 사람처럼. 시간을 메워야 했고 관성을 떨쳐내야 했으나 떠나기도 전에 지쳐서 차라리 이곳의 무질서를 견디며 시간의 공백을 견디며 유우와 연결됐던 과거를 견디며 이곳에 남아버리고 싶다는 생각이 들 정도였다. 차는 시속 10킬로미터로 가고 섰다. 이 짓을 얼마나 반복해야 할까. 가고 서고. 내 안에서. 가고 서고. 내 밖에서. 어둠이 내려앉았고 그러나 어둡지 않았다.

나는 여전히 도시 안에 있었다.

우리가 아직 소년이었을 때, 「비너스와 큐피드」가 우리를 사로잡았다. 폰토르모가 그린 비너스와 큐피드는 아름답지 않았을뿐더러 음산하고, 비극적인 데다 외설스럽기까지 했다. 황량한 어둠 속의 두 나신. 전경에 펼쳐진 비너스의 나신과 그녀에게 올라탄 큐피드의 나신에 닿기 전에 무표정한 하나의 가면. 전경에 펼쳐진 비너스의 나신과 그녀에게 올라탄 큐피드의 나신에 닿기 전에 비열한 미소를 띤 하나의 가면. 우리는 둘 다 무표정한 하나의 가면과 비열한 미소를 띤 하나의 가면을 전율 속에서 전율하며 바라보았고. 그리고 그 가면 밑에 짓눌린 채로 누워 있는 하나의 인간과, 정확하게 식별하기는 어렵지만 그림에서 유일하게 빛을 받고 있는 흙의 무덤 아니면 사람의 무덤을 또 다른 전율로 바라보았고 마침내. 우리의 시선이 큐피드에 가닿았을 때. 우리는. 유우와 나는. 모두 탄식했다. 한쪽 팔을 비너스의 턱 밑으로 욱여넣어 비너스의 얼굴을 감아 돌린. 비너스의 얼굴을 감아 돌려 입 맞추려는 큐피드의 얼굴이. 그 무표정한 얼굴이 뿜어내는 탐욕과 짓궂음이. 우리는 그토록 무분별한 미친 욕망 앞에서 전율하고 탄식하며. 그토록 암울한. 그토록 비극적인. 가면은 그 둘의 생기에 넘치는 불온을 음흉한 눈빛으로 염탐하고. 우리의 나약하고 불완전한 유희를 염탐하고. 비웃고. 유희의 열기가 가시기도 전에 우리는. 그 가면의 시선에 짓눌리고 고통받고. 아직 유희의 열기가 가시기도 전에. 무덤 위에서 무덤이 되고. 우리가 아직 소년이었을 때.

나는 여전히 도시 안에 있었다. 폭염이 내려앉은 도로가 열을 뿜어냈고 송풍구에서는 뜨거운 바람이 쏟아졌다. 채운 지 얼마나 됐다고. 남자는 있던 자리로 잘 돌아갔을까. 내 안에 들어와 자신의 죽음을 알린 남자. 가속페달을 밟아 방으로 돌아오던 날 나는 그 남자가 끝내 사망했고 사망하기 전까지는 스물다섯의 대학생이었다는 사실을 알게 됐다. 나는 뉴스를 흘려들으며 에어컨 가스를 제때 채워 넣은 것에 안도했는데 그것은 남자의 죽음이 타인의 죽음이었기 때문이 아니라 더위에 잔뜩 짓눌렸다면 남자의 죽음조차 나를 괴롭히려고 태어난 하나의 스캔들로 여겨졌을지 모른다는 우려 때문이었다. 정체를 몰고 온, 정체된 공간에서의 죽음. 나는 그 죽음을 지나쳐 방으로 돌아왔으나 이후로 종종 남자를 만나고는 했다. 남자는 비현실적이라 할 법한 아름다운 외모를 지니고 있었는데 나는 그런 무자비한 아름다움과 직면할 때마다 처참하고 참담한 심정에 붙들리고 말았다. 남자는 웃고 있었고 나를 향해 웃고 있었고 그 웃음은 친절하고 사려 깊고 교양 있는 사람의 그것처럼 따스한 기운을 품고 있었으나 나는 어쩐지 남자의 표정에서 지루하기만 한 촌뜨기를 대할 때의 흠시를 발견한 듯해 불쾌한 한편으로 서운했고 못마땅한 한편으로 주눅이 들었다. 나는 남자의 웃음을 외면하고 상쾌한 날씨를 즐기는 사람의 모습을 꾸며냈다. 어색하고 열없고 어줍고. 그런 내가 낯 뜨거워 나 자신마저 외면하고 싶어질 지경이었다. 그러나 나는 손을 뻗어 어느 때보다 더 열정적으로 남자의 팔뚝을 어루만졌다. 내 손길에서 남자가 어떤 갈망을, 남자이거나 다른 누군가이거나 이를테면 유우 같은 이에게 다다르는 어떤 갈망을 눈치채지 못하기를 바라며. 나는 너무 이른 나이에 죽은 한 남자를 간절히 원했다. 내게 멈춘 시간의 아름다움을 선물한 한 남자를.

더는 어쩌지 못할 지경에 다다랐을 때에야 창문을 내렸다. 몸을 도사린 채 기회를 노리고 있던 지열이 발정기 짐승처럼 실내로 달려들었다. 열기로 숨이 막혔다. 몸 저 깊은 곳으로부터 불길이 솟는 것 같았고 손과 발이 타는 듯했다. 타오르는 나로부터 달아날 것. 푸른 것을 떠올리자. 바람 같은 것. 바다 같은 것. 물기에 젖은 피부. 화려한 빛깔의 스윔 팬츠. 부드러운 골반. 도톰한 입술. 분홍색 혀. 이런. 휴식 같은 것을 떠올렸을 뿐인데. 시원한 곳에서 보내는 한때 같은 것을 떠올렸을 뿐인데. 흐르는 땀을 닦고 두어 번 머리를 두드렸다. 정체가 계속됐다.

나는 과연 이 도시에서 벗어날 수 있을까.

우리가 아직 소년이었을 때. 유혹의 비밀을 몸에 익히려고 안달하면서 천진난만한 악의로 아양을 떨었다. 우리는 우리에게 부과된 도덕과 관습을 저버리고 서로를 홀리는 일에 최선을 다했다. 소년다운 짓궂음 뒤에 숨어서. 그러니까 농구 코트. 유우는 골을 넣을 때마다 내게 달려와 안겼고 안았다. 전속력으로. 높이 뛰어서. 복부나 엉덩이에 그것을 밀착시키고. 귀에 숨을 불어넣고. 털이 곤두섰다. 유우라는 한 존재가 내 안에서 커졌다. 아무래도 좋았다. 나를 짓누르는 유우의 몸 외에 다른 것은 아무래도 좋았다. 유우도 그랬다. 유우 역시 자신의 몸 외에 다른 것은 아무래도 좋았다. 유우는 나를 홀림과 동시에 자신을 홀렸고 자신이 홀리는 사람이라는 것에 만족했다.

해 지면 시들어. 해 지면 시들어? 해 뜨면 다시 펴. 죽는 게 아니고? 다시 펴. 한여름의 낮이었다. 우리는 집으로 돌아가는 시간을 지연시키기 위해 골목과 골목을 대로와 대로를 돌고 넘나들며 걸었다. 연신 땀이 흘렀고 혀끝에 쓴맛이 느껴졌다. 유우는 셔츠 자락을 쥐고 펄럭거리다가 손부채질을 하다가 어떻게든 바람을 일으키려고 애쓰며 말했다. 해 지면 시들어. 나팔꽃으로 뒤덮인 담장 밑을 지나는 길이었다. 담장에 바투 붙여 심은 두릅나무를 타고 파란색 나팔꽃이 화락

피어나 있었다. 잎마저 크고 펀펀하고 무성해서 그것들이 두릅나무를 모두 먹어치운 것처럼 보였는데 그 때문에 나는 눈살을 찌푸리지 않을 수 없었다. 어디에도 속하지 못한 채 어디에든 속하려고 기를 쓰는 모습처럼 보였던 것이다. 그럼에도 나는 말했다. 신기하다. 해바라기 같네? 유우는 내 말에는 아랑곳하지 않고 나팔꽃에 다가갔다. 가운데 별 있어. 흡사 화제에서 벗어나 오로지 자기 자신만을 만족시킬 뿐인 이야기에 열을 올리는 사람 같았다. 가운데 별 있네. 나는 유우의 화제 속으로 발을 밀어 넣었다. 너, 이거 돼? 유우가 다시 화제에서 벗어나며 혀를 내밀었다. 나는 U 자로 말아 올린 유우의 혀를 깨물었다.

깨물고 다시는 놓아주지 않을 작정이었다.

나는 더위와 조바심에 지쳐갔다. 그리고 두통. 머리를 압축기에 넣고 짓누르는 것 같았다. 뭉근하게, 점차 강도를 높이며. 두통 때문에 눈이 가늘어졌으나 나는 가늘어진 눈에 할 수 있는 한 힘을 주고 정체에 정체를 거듭하고 있는 도로를 노려봤다. 그리고 나를. 애초부터 내 여정에는 열의가 없었고 시간 역시 무기력했다. 헐거운 시간. 이렇듯 헐거운 시간을 누구로부터 물려받은 것일까. 나는 이렇듯 헐거운 시간 속에서 느껴지지 않는 나의 영혼을 느끼기 위해 안간힘을 썼다. 관자놀이를 누르며. 쉬지 않고 다리를 떨어대며. 그 순간 누군가가 내게 달라붙어 자신의 두 다리로 내 두 다리를 힘껏 휘감고 자신의 두 손으로 내 두 뺨을 감싸면서 자신의 두 눈으로 내 두 눈을 똑바로 쳐다보는 것 같았다. 누군가의 숨결이 코로 스며들었다. 마치 타인의 영혼이 내 몸을 밀고 들어오는 듯한 느낌이었는데 그 때문에 나는 공포와 불안에 휩싸였다. 그러나 얼마간의 시간이 지나자 묘한 안도와 함께 온기가 온몸으로 번져나갔다. 나는 차 안을 가득 메운 열기와 내 몸을 은은하게 채우고 있는 온기 사이에서 갈팡질팡하며 무언가 억울한 심정이 되어 터지려는 격정을 억누르려 안간힘을 써가며 꾸벅꾸벅 졸고 있던 나의 그것을 깨워 절정에 이르도록 다그쳤다. 그리고 드디어 짧은 죽음에 이르렀다.

너는 너무 밝혀. 유우가 말했다. 여러 차례 죽음이 다녀간 후였다. 온몸이 땀으로 번질거렸다. 나는 그림자처럼 늘어져 불규칙한 호흡을 가다듬었다. 너는 너무 밝혀. 유우는 말한 뒤 내 가슴을 주먹으로 슬쩍 내리치고는 음악을 틀기 위해 몸을 일으켰다. 유우가 튼 것이 어떤 곡이었는지는 잊었는데—아마도 느슨하게 전개되는 래그타임풍의 멜로디에 유쾌하고 장난스러운 타악기가 얹히고 회전하면서 리드미컬하게 움직이는 그런 곡이었을 것이다—회전목마를 탄 것처럼 현기증이 일었던 것은 기억한다. 어쩌면 음악 때문이 아니었는지도 모르겠다. 유우가 춤을 추었다. 알몸으로. 땀과 함께 빛나면서. 아마 그랬을 것이다. 나는 유우의 유연한 몸동작을 넋을 잃고 바라보았다. 두 팔이 멀리까지 나아갔다가 돌아오고 몸통이 부드러운 곡선을 그리며 구부러졌다. 다리로 말할 것 같으면 다리는, 드러난 갈비뼈 위를 날렵하게 스치고 지나며 땅으로 떨어졌다가 재빠르게 솟구쳐 올랐다. 머리카락마저 춤을 추는 것 같았던 한낮의 몸. 그날. 그 한낮. 그날 그 한낮의 유우가 떠오르자 다시 온몸이 저릿저릿해졌다. 긴장한 심장 때문에 피가 느리게 도는 것 같았다. 아무런 소리도 들리지 않았고 머릿속도 희미해졌다. 정신을 잃을 것 같았다. 그날 그 한낮의 유우를 나는 눈앞에서 생생하게 보고 있었다. 내 몸은 여전히 유우를 기억했다. 시간이 흘러도, 시간이 멈춰도. 나는 내 눈앞에서 살아 움직이는 유우를 보며 수치심과 모욕감을 느꼈다. 나는 울 것 같은 심정이 되어 열어둔 창문 밖으로 열심히 그를 밀어냈다.

우리가 아직 소년이었을 때. 뭐 들어? 유우가 내 귀에서 이어폰을 채가며 물었다. 차창 너머로 눈발이 성글게 흩날렸다. 그해의 첫눈이었고 둘이 맞는 첫눈이었고 둘만의 비밀을 갖게 된 후 처음 맞는 눈이었다. 첫눈이네. 나는 고개를 돌려 유우를 쳐다봤다. 첫눈이 뭐? 유우가 내 이어폰을 한쪽 귀에 꽂으며 물었다. 그렇다고. 대답을 바라고 물은 것 같지는 않았다. 이게 뭐야. 유치하기는. 유우가 이어폰을 빼냈다. 달랑. 딸랑. 나는 유우가 떨어뜨린 이어폰을 주워 귀에 꽂고 볼륨을 죽였다. 이번 정류장은. 첫눈이지? 서울은 그렇지. 대관령엔 보름 전에 왔대. 여행 갈래? 소리들이 내 안에서 불화를 일으켰다. 나는 심호흡을 하며 버스의 움직임에만 집중하려고 노력했다. 버스는 기분 좋게 흔들렸고 종아리에 와 닿는 히터 바람도 따뜻했다. 그런데 돌연 비릿한 어떤 감정이 북받쳤다. 슬픔도 아니고 설움도 아닌 어떤 감정이. 이름 붙일 수도 없고 이름 붙일 수 없으므로 더 비린 어떤 감정이 솟구쳤다. 한 정거장. 두 정거장. 나는 묘연한 감정을 견디며 숨을 죽였고 유우는 내 어깨에 머리를 얹은 채 잠들었다. 주의를 기울여 휴대폰 볼륨을 올렸다. 시끄럽기만 할 뿐인 멜로디가 터져 나왔다.

시시하군. 시시하다.

퇴근 시간인 것을 감안해도 너무하다 싶을 정도였다. 나는 오도 가도 못 하고 도로 한복판에 붙들려 있었다. 사고일까. 사고겠지. 사고가 많은 시절이니까. 구급차도 경찰차도 견인차도 보이지 않는데. 수습 중이겠지. 하고도 남을 시간인데. 사고가 컸겠지. 죽은 사람도 있을까. 없겠지. 없을까.

없을 거야. 사타구니가 근질거렸다. 끈적끈적한 것이 달라붙어 말라가고 있었다.

우리가 아직 소년이었을 때. 졸업을 앞두고였을 것이다. 순환선을 타고 도는 일도——우리는 마지막 방학 내내 순환선을 타고 놀았는데 딱히 그 일이 재미있었다기보다는 마땅히 할 일도 해야 할 일도 없었고, 적당히 시끄럽고 적당히 흔들리는 곳에서 하루를 보내는 일도 나쁘지 않았고, 더러 지나치게 산만하거나 우스꽝스러운 이유로 다투는 사람을 구경하는 행운도 주어졌고, 무엇보다 사람들이 알아채지 못하도록 은밀하게 애정 행각을 벌이는 일에 스릴을 느꼈기 때문인데 우리가 벌이는 짓을 목격하고 눈살을 찌푸리거나 호통을 치는 사람을 아예 만나지 못하는 것도 아니었으나 그들이 그러는 이유는 알고 싶지 않았고 알았다 해도 상관없었다——지루해져서 심야 버스를 타기로 했다. 나는 그 당시 심야 버스라는 말에 낭만적으로 도취돼 있었는데 유우도 다르지 않은 것 같았다. 불빛이 반딧불이 날아다니는 것처럼 그렇게 따라오겠지? 그보다는 유성 같지 않을까? 차는 빠른 속도로 움직이니까. 꼬리를 매달고 따라오는 것처럼 보이지 않을까? 나른할 것 같아. 사람들도 공기도. 창에 내 얼굴이 비치면 되게 비현실적으로 보일 것 같아. 비쳤다 사라졌다 하면 그럴지도 모르겠다. 우리를 휴게소에 두고 떠나면 어쩌지? 그럼 히치하이킹을 해야지. 누가 어떤 말을 했는지 기억하지 못할 정도로 그날의 우리는 서로 같은 생각을 하고 있었던 것 같다. 그리고 우리 둘 중 하나는 그것이 우리의 첫 여행이라는 점 때문에 잠을 설쳤고 잠을 설쳤지만 잠이 오지 않을 정도로 흥분해 있었던 게 분명했다. 어쨌든 우리는 같거나 다른 이유로 설레며 심야 버스에 올랐다. 좌석에 앉기도 전에 취객이 뿜어내는 꿉꿉한 냄새와 싸우게 될 줄은 상상도 하지 못하며 말이다. 우리 둘 중 하나는 우리의 관계에 문제가 있고 그것이 우리를 망치리라는 비정한 예감에 직면하게 될 것을 상상도 하지 못하며 말이다. 어쩔 수 없었다고 하면 어쩔 수 없는 일이 될까. 왜 거절할 수 없었을까. 좋았나 보지. 아니야. 아닌데. 나는 발각될까 봐 겁이 났고 차라리 이대로 발각됐으면 싶었다. 유우는 내 머리를 부여잡고 불꽃이 터질 때까지, 불꽃이 사방팔방으로 튀며 터질 때까지 풀무질을 멈추지 않았다. 나는 꿉꿉한 냄새와, 조마조마한 불안과, 슬픔과, 왠지 모를 분노와 싸우며, 나에게 동정의 눈길을 보내며, 영원히 오지 않을 것 같은 끝을, 억눌린 시간이 다시 흐르고 그리하여 다시는 오지 않기를 간절히 바랐다. 드디어 모든 것이 멈췄을 때 유우는 자신의 욕망의 잔해들을 내 코트로 닦아냈다. 그것은 내가 받은 졸업 선물로, 내 첫 코트이기도 했다.

유우는 나의, 얼마나 많은 처음들을 난도질한 것일까.

글로브박스를 열었다. 자동차 사용 설명서, 오일 교환권, 목장갑, 공과금과 과태료 고지서, 비닐봉지. 주유하고 받은 게 여기 어디 있었던 것 같은데. 아무리 찾아도 물티슈는 보이지 않았다. 사타구니가 계속해서 근질거렸다. 손도 끈적였다. 번거로워. 번거롭다. 너무 덥고. 끈적거리고. 낭패군. 내가 아직 소년이었을 때부터 낭패감은 줄곧 나를 따라다녔지. 우리가 처음 「비너스와 큐피드」에 매료됐을 때부터. 유우는 늘 멀리 갔다가 되돌아오곤 했어. 심심하면 되돌아왔다. 몸이 근질거리면. 순회공연이라도 다니는 사람처럼. 유우는 아름다웠으니까. 아름답고 잔인했으니까. 나는 최선을 다했다. 유우가 심심해할까 봐. 심심해서 너무 오래 되돌아오는 일을 잊을까 봐. 유우는 아름답고 잔인했어. 제 몸밖에 몰랐어. 어쩌면 죽음 같았다. 나는 유우가 두렵고 유우에게 이끌렸다. 운명처럼 죽음에게 이끌렸지. 온 생이 죽음을 향해 가고 있었으니까. 죽음으로 기를 쓰며 갔다. 그게 숙명이지. 생명이란 그런 거다. 찝찝해 못 살겠군. 물티슈가 분명 어디 있었는데. 사타구니가 계속 근질거렸다. 끈적거려 못 살겠군. 누군가 봤을까. 누군가 내가 하는 짓을 봤을까. 미쳤지. 미쳤다.

막히는 도로에서. 막힌다고 도로가. 도로 한가운데서. 왜 참질 못해. 왜 유우를 못 참는 걸까. 내가 아직 소년이었을 때. 그때부터 나는 계속해서 나를 잃기만 했다. 공허했지. 공허했다. 내 주위에 사람이 없는 것은 아니었는데. 아니 오히려 많았지. 많았다고 해야 할 것이다. 어찌 된 일인지 나는 평판이 꽤 좋은 편이었고 한두 번 스치듯 만난 사람도 내게 호의를 보였다. 나는 제법 친절하고 다정하고 공손했으니까. 내가 아주 작은 정성이라도 들였다면 자랑할 만한 우정을 꽤 가질 수도 있었을 거다. 하지만 나는 다른 사람에게 마음 쓰는 게 지겹고 피곤했다. 사람이나 세상 같은 것엔 관심도 없었어. 사람들은 몰랐겠지만. 내가 친절하고 다정하고 공손하게 구는 게 그들과 지속적인 친밀한 관계를 맺지 않겠다는 의지에서 나온 거라는 거. 어떻게 알겠어. 사람들은 너무 단조로워. 단조롭지. 아주 지루해. 자꾸 위대해지려 하고. 자꾸 어딘가 속하려 하고. 나라는 존재를 자꾸 다른 것과 묶으려 하고. 미학 같은 것엔 관심도 없다. 단조로운 흥분만 기대할 뿐. 우리가 처음, 내가 처음, 미친 욕망 앞에 굴복했을 때 나는 내가 유우 곁에 있는 것이 싫었고 유우가 내 곁에 있기를 간절히 바랐다. 죽음에서 깨어날 때마다. 수치와 모욕을 견디며 갱생할 때마다. 갱생은 나를 다시 죽고 싶게 만들었지. 매번 그랬어. 이를테면 이런 거다. 죽으면서 타오르는 거. 촛

불처럼. 죽는다는 것도 모르고 타오르는 거. 나는 죽음에 익숙해 있었는데. 하나의 물질로서. 마침내 죽겠지. 그런 날이 빨리 왔으면. 비가 왔으면 좋겠군. 되도록 요란하게. 아스팔트를 뚫을 정도로. 빗속으로 뛰쳐나갈 수만 있다면. 모두 씻어낼 수 있게. 깜박 잠이 들었으면 좋겠다. 남자처럼. 너무 이른 나이에 죽은 한 남자. 나는 기도를 모르지만 이 순간만큼은 남자를 위해 기도를 시도하는 것도 좋겠지. 마지막 순간이 너무 고통스러운 것은 아니었기를. 사는 동안 행복했기를. 공허하지 않았기를. 가만, 기도는 미래를 위한 것 아니었나. 아무려나. 아무렴 어떤가.

하늘이 동굴처럼 열려 있었다. 차들은 붉은빛을 끌며 동굴 속으로 들어갔다. 나는 어두운 하늘과 굼뜨게 걸어 하늘 속으로 들어가는 차들에서 시선을 떼 고개를 돌렸다. 차음벽 때문에 그 너머의 사물들은 모두 무엇인가가 문질러 으깨 놓은 것처럼 보였고, 고속도로가 소실점을 이루고 있는 지점에서 부채꼴 모양으로 화륵 펼쳐진 하늘과는 다르게 하늘 역시 희끄무레하고 멀겠다. 차음벽 이쪽의 것이나 저쪽의 것이나 모든 게 다 분명하지 못하고 어렴풋한 채로 정체를 견디고 있는 것이었다. 이곳에서는 모든 것이 불가능했다. 나는 무언가를 바라볼 수도 상상할 수도 희망할 수도 없게 만드는 곳에 갇혀, 아무것도 털어내지 못한 채로, 더위에 찌들고 불쾌한 감각에 시달리며, 나팔꽃에 뒤덮여, 꼼짝도 하지 못하고, 멈춰 있었다. 언제까지나.

아무 일도 하고 싶지 않은 아무

꽃은 이상해 어젠 없었는데 오늘은 있어 밤새 꽃 안에서 무슨 일이 있었던 걸까. 아무는 그런 것들을 궁금해했다. 그리고 물었다. 충분히 설명 가능한 것들. 그러나 어떤 말로도 충분히 설명할 수 없는 것들. 나는 매번 당황했다. 충분히 설명 가능하지만 어떤 말로도 충분히 설명할 수 없는 것들에 답을 내야 해서가 아니었다. 그것만으로도 충분히 당황했으나 더 당황했던 것은 아무의 어법 때문이었다. 꽃은 이상해 어젠 없었는데 오늘은 있어 밤새 꽃 안에서 무슨 일이 있었던 걸까. 아무는 이런 식으로 말하는 사람이 아니었다.

있어 오늘은 어젠 없었는데 밤새 꽃 안에서 꽃은 이상해 무슨 일이 있었던 걸까.

아무는 이런 식으로 말하는 사람이었다. 말의 구조 같은 것은 염두에 두지 않고, 그런 것은 아무짝에도 쓸모없다는 투로, 들을 테면 듣고 말 테면 말라는 식으로 말했다. 아무의 말이 어디에서 끝날지 알 수 없었고 어디에서 시작된 건지 알아내기도 어려웠다. 아무의 말을 되뇌며 재배열하다 보면 아무는 곧 다른 말을 이어갔다. 아니 아무의 말은 끝나지 않았다. 나는 어디에서 끝날지 알 수 없는 말에 온종일 이끌려 다녔다. 침묵. 침묵마저 아무는 말의 구조를 허무는 데 사용했다.

있어 오늘은 어젠 없었는데. 침묵. 밤새 꽃 안에서 꽃은. 침묵. 이상해 무슨 일이. 침묵. 있었던 걸까.

어쨌든 나는 아무와 만난다. 아무에게 가거나 아무가 와서 우리 둘은 얼굴을 마주 본다. 우리 둘은 사귄다. 나는 아무와 사귀고 아무는 나와 사귄다. 그러니까 내가 아무와 만난다는 것은 아무에게 가거나 아무가 와서 우리 둘이 얼굴을 마주 본다는 의미이기도 하고 아무와 내가 사귄다는 의미이기도 하다. 나는 이 사실을 아주 어렵게 알아냈다. 아무와 나는 둘이 만나 할 법한 일들을 해냈으나 둘이 만나 할 법한 일들은 하지 않았다. 아무와 나는 밥을 먹고 꽃을 봤다. 아무와 나는 커피를 마시고 꽃을 봤다. 아무와 나는 영화를 보고 꽃을 봤다. 아무와 나는 산책을 하고 꽃을 봤다. 거리에서. 식물원에서. 여행지에서. 손은 잡지 않았다. 키스는 하지 않았다. 섹스는 하지 않았다. 그래서 나는 한동안 아무와 만난다는 말의 의미가 아무에게 가거나 아무가 와서 우리 둘이 얼굴을 마주 보는 데 그친다고 생각했다. 아무와 만난다는 말의 의미가 우리 둘이 사귄다는 것까지 포함한다는 걸 알게 됐을 때 그래서 나는 기뻤고 안도했고 기분이 상했고 불안했다. 아무와 나는 둘이 만나 할 법한 일들은 영원히 하지 않은 채로 충분히 설명 가능하지만 어떤 말로도 충분히 설명할 수 없는 것들을 묻고 당황하고 밥을 먹고 꽃을 보고 커피를 마시고 꽃을 보고 영화를 보고 꽃을 보고 산책을 하고 꽃을 보게 될 수도 있었다. 나는 어쩌면 다소 외로운 사람*으로 살아가게 될 수도 있었다.

다소 외로운 일을 해야 하는 나의 운명을 그래서 나는 자연스럽게 받아들였다. 다소 외로운 사람으로서 할 만한 일이었고 다소 외로운 사람으로서 마땅히 받아들여야 할 운명이

---

* 건훈씨의 노래 「우리는 다소 외로운 사람처럼」에서 가져왔다.

라고 생각했던 것이다. 나는 아무가 말할 때마다 녹음을 하고 그것을 옮겨 적었다. 그러고는 단어 하나하나를 잘라낸 뒤 그것을 재배열했다. 종이 쪼가리들이 책상을 전부 차지했는데 어느 날은 방바닥을 점령했고 어느 날은 바닥이란 바닥을 모두 제 것으로 만들어버렸다. 그 안에서 말이 나타났다.

새가 창에 부딪혔어. 떨어졌고, 떨어진 채로 날개를 퍼덕이다 죽었어. 창에는 핏자국이 선명했어. 새처럼 둥글고, 그리고 빠져나가는 새의 목숨처럼 긴 핏자국이 말이야. 나는 수건을 들고 가 그것을 닦았어. 그러고는 오늘 저녁엔 무얼 먹을까 생각했어. 모질다고는 생각하지 않았어. 죽음은 어디에나 있잖아. 새의 죽음은 그중 하나에 불과해.

책상에서, 방바닥에서, 바닥이란 바닥에서 나타난 아무의 말은 문법적으로 아무런 문제가 없어 보였다. 말을 허물며 말하는 말이 문법 안에 있다니. 모종의 경외심 같은 게 느껴졌다. 나는 아무를 흉내 냈다. 혼자 있을 때마다 그랬다. 아무처럼, 말의 구조 같은 것은 신경 쓰지 않고, 그런 것은 아무래도 상관없다는 투로, 들어도 좋고 듣지 않아도 좋다는 식으로 말했다. 그것은 생각보다 어렵고 주의를 요하는 일이었다. 말의 구조를 허물기 위해서는 말의 구조를 염두에 두어야 했으나 말의 구조를 이미 체화한 사람이 말의 구조를 떠올리면서 말하는 일이란 매우 번거롭고 껄끄러웠다. 아무처럼 말하기 위해서는 상당한 연습이 필요했다. 그러나 그렇다고 해도 아무처럼 말할 수 있는 것은 아니었다. 나는 아무의 말을 녹음했고 아무처럼 말하는 내 말을 녹음했다. 내 집은 점점 사람의 집이 아니라 종이의 집이 되어가고 있었다.

아무가 왔다. 아무가 문을 두드린다. 일어나 문을 열고 나간다. 종이의 집에 아무를 들일 수는 없다. 집이 지저분해. 아무가 아무런 눈치도 채지 못했으면 좋겠다. 그럼 같까 앉아 있기 하러 어디에든 가만히 좋으니까 날씨가 앉아 있기 하자. 아무가 말한다. 아무는 앉아 있기를 했다. 아무는 앉아 있는 것이 아니라 앉아 있기를 하는 사람이었다. 먹는 것이 아니라 먹기를 했고 웃는 것이 아니라 웃기를 했고 자는 것이 아니라 자기를 하는 사람이었다. 동사가 아니라 명사로 행위하고 명사로 존재하는 사람. 먹기 하자. 웃기 하자. 자기 할 거야. 아무가 말할 때마다 나는 조금씩 웃었다. 미세먼지 많다는데 어디 들어가 있는 게 좋지 않을까. 나는 말하며 아무의 눈치를 살핀다. 들을 빼앗기더니 이제는 봄마저 빼앗기네. 그래도 오늘 하늘색은 파랑이고 햇빛도 햇빛 같으니까 바람 좋은 곳에서 앉아 있기 하면 좋겠어. 아무의 미간이 좁아지다가 곧장 펴지는 걸 보며 나는 아무의 문장을 해독한다. 벚꽃 밑에 앉아 있을까. 나는 말하며 벚꽃이 탐스럽게 피어 있고 가끔 벚꽃잎을 맞을 수도 있는 곳이 어디일까 생각한다. 아무를 앉아 있게 하고 나무둥치를 차거나 가지를 흔들어서 벚꽃잎이 후루 후루룩 떨어지는 걸, 흰 벚꽃잎이 아무의 검은 머리와 갈색 외투에 내려앉는 걸, 아무가 즐거워하는 걸 보는 일도 즐거울 것이다. 어디가 좋을까. 벚꽃나무라면. 나는 말하며 아무를 본다. 아무는 골똘히 생각하는 표정을 짓고 있다. 아무가 아무 데도 한눈을 팔지 않고 한 가지일에 집중할 때마다 콧잔등에 세 개의 세로 주름이 잡혔다. 웃을 때도 그랬다. 나는 아무의 콧잔등에 잡히는 세 개의 세로 주름을 좋아한다. 그것은 아무의 얼굴을 위트 있게 만들고 기지 넘치는 사람처럼 보이게 했다. 실제로도 그랬다. 아무는 창의적인 영혼을 지닌 사람이었다. 너는 창의적인 영혼이야,라고 내가 말했을 때 아무는 유쾌하게 웃으며 콧잔등에 세 개의 세로 주름을 만들었다. 아마 그때부터였을 것이다. 내가 아무의 콧잔등에 잡힌 세 개의 세로 주름을, 아무를 좋아하게 된 것은. 자전거 타기도 앉아서 가만히 볼 수 있는 아래로 가자 벚꽃나무.

그렇게 우리는 벚꽃나무 아래로 갔다.

나는 아무를 생각한다. 아무의 말을 다시 들으면서 아무의 말을 옮겨 적으면서 아무의 말을 잘라내면서 아무의 말을 재배열하면서 아무를 생각한다. 아무는 앉아 있기를 했다. 아무의 머리와 어깨는 곧 벚꽃잎으로 뒤덮였다. 아무는 가만히 앉아 자전거 타는 사람을 구경하고 벚꽃잎을 맞았다. 나는 간혹 벤치에서 일어났다. 가지를 흔들었다. 아무의 머리와 어깨가 벚꽃잎으로 뒤덮이도록 힘을 내 흔들었다. 이렇게 가만히 앉아서 바라보면 세상이 상냥한 것처럼 여겨져. 아무가 말했다. 자전거 바퀴. 자전거 바퀴. 아무가 말했다. 바퀴가 굴러가는 세상. 아무 일 없이 잘 굴러가는 세상. 잘 굴러가도록 잡아주는 세상. 아무가 말했다. 아무의 앞으로 자전거를 타는 아이와 자전거를 잡은 남자가 지나갔다. 자전거 바퀴가 지나간 곳으로 벚꽃잎도 지나갔다. 그러니까 흔들기 하지 마. 벚꽃이 제 속도로 떨어지도록 내버려둬. 아무가 말했다.

아무 말 많이 했네. 나는 중얼거리며 자른 말들을 펴놓는다. 책상과 방바닥과 바닥이란 바닥이 모두 아무의 말로 가득 찬다. 아무의 말. 아무의 말. 아무의 말. 나는 아무의 말을 비로소 이해하며 더 많이 이해하기 위해 아무의 말을 재배열한다. 아무와 함께일 때는 이해하지 못했던 말들을 아무와 헤어진 후에야 이해한다. 벚꽃이 제 속도로 떨어지도록 내버려둬. 뒤늦게 얼굴이 달아오른다. 달아오른 얼굴을 하고 맥주를 마신다. 나는 맥주 마시는 것을 즐긴다. 인두와 식도와, 운이 좋은 경우 위까지 느낄 수 있기 때문이다. 내 몸의 일부이지만 절대 만날 수는 없는. 내 몸에 있고 거기 있지만 절대 느낄 수는 없는. 맥주는 몸속에 있는 관들을 따라 관들을 보여주며 흘러간다. 그리고 기분 좋은 날엔 위통을 유발해 내게 나의 위가 거기 있다는 것을 알려준다. 그럼 이건 맥주 같은 거로군. 나는 웃으며 아무의 말을 보여주는 종이들을 만진다. 나는 웃는다. 한다는 생각이 고작 얼간이 같은 것이라 웃는다.

네 꿈은 뭐야? 아무가 물었다. 꿈? 글쎄. 나는 대답하지 않았다. 다른 사람들처럼 사는 것. 그것은 엄밀히 말해 내 꿈이 아니었고. 벌고 결혼하고 출산하는 것. 꿈이라고 하기엔 멋쩍었고. 나는 꿈을 생각해본 적이 없었다. 꿈을 잃고 사는 것이 내 꿈이었나. 네 꿈은 뭔데? 나는 물었다. 아무 일도 하지 않는 것. 아무는 대답했다. 그리고 말했다. 아무 일도 하지 않으면 세상이 더 착해질 거야. 돌은 계속 돌이고 물은 계속 물이고 숲은 계속 숲이고 공기는 계속 공기고 봄 여름 가을 겨울은 계속 봄 여름 가을 겨울일 거야. 촛불을 켠 채로 가만히, 아무 일도 하지 않고 가만히 앉아서 바깥을 보고 바깥을 생각하고 그러고는 내 안에 있는 바깥을 들여다보면 좋을 텐데. 단순한 삶 같은 것도 말이야. 그 뿌리들을 발견한다면 좋을 텐데. 버리지도 않고 모으지도 않고 무리 짓지도 않고 힘, 과시, 격차, 말살, 그런 나쁜 말들을 만들지 않고 아무 일도 하지 않으면 아무런 나쁜 일도 일어나지 않을 텐데.

나타난 아무의 말을 읽는다. 읽고 또 읽는다. 두통이 오고. 읽고 또 읽는다. 아무를 좋아하고 아무를 이해하고 싶으니까. 아무의 꿈이 무엇인지 알고 싶으니까. 내게 있는 온갖 관들이 아무에게 가닿기를 바라니까. 아무의 말이 내게 올 수 있도록. 나타난 아무의 말을 읽고 또 읽는다. 그래서 나는 동반자도 만들지 않을 작정이야. 인간은 인간의 씨앗을 품고 틔울 때마다 세상을 조금씩 나쁘게 만드는 것 같아. 아무가 말했다. 인류는 피임이라는 아주 좋은 무기를 갖고 있어. 나는 말했다. 아무는 웃었다. 깔깔. 그리고 말했다. 차릉차릉 웃고 싶은데, 자전거처럼 웃고 싶은데. 넌 왜 항상 그런 식이니? 심각한 순간에 꼭. 나는 말하며 아무가 내 표정의 변화를 놓치는 일이 없도록 과도하게 얼굴을 찡그렸다. 그래도 차릉차릉 자전거처럼 웃고 싶은걸? 그러고는 정말로 차릉차릉 웃었다. 아무가 차릉차릉 웃었다. 아무는 아무 일도 하지 않고 가만히 앉아 있기로 작정한 사람답게 가만히 앉아서 차릉차릉 웃기만 했다. 자전거처럼. 흰 이를 드러내고 자전거처럼. 나는 속상했다. 속상했으나 아무의 손을 잡고 싶은 건 어쩔 수 없었다. 내 허리를 아무의 손이 잡도록 내어주는 것도 괜찮을 것 같았다. 자전거 탈래? 나는 말했다. 오늘은 가만히 앉아 있기 하고 싶어. 아무는 말했다. 사람은 움직여야 해. 운동을 해야 해. 나는 말했다. 하나의 운동으로서 가만히 앉아 있기 하는 거야. 아무는 말하며 다리를 쭉 펴고 발을 몸 쪽으로 잡아당겼다. 아무의 다리는 짧고 발도 짧았다. 그 짧은 것이 마음을 설레게 했다. 아무의 발은 한참 더 그 자세를 유지하다가 바닥을 문지르기 시작했다. 먼지가 하얗게 일어났다. 아무의 말처럼 뿌옇고 막막한 먼지가 아무의 발에서 일어났다. 왠지 슬펐는데, 내가 난데없이 나타난 슬픔에 얼떨떨해하고 있을 때 아무가 말했다.

스윙. 스윙. 스윙이란 말 예쁘지 않아? 가볍고 다정하고 몸집도 작을 것 같잖아. 아무와 내 앞을 지나가는 남자 때문인 것 같았다. 남자는 풀쩍 뛰어올랐다가 가라앉고 헛, 헛, 소리를 내며 네 번 걷고 두 팔을 가지런히 모아 크게 휘두르는 동작을 반복했다. 배트나 라켓을 들고 스윙이라도 하는 것처럼 보였다. 말하고 다른 것들과 마주치면 당황하게 돼. 스윙할 땐 한껏 힘을 모았다가 단번에 터뜨리잖아. 무겁고 불친절하고 몸집도 크잖아. 그런 걸 나쁜 데 쓴다고 생각해봐. 예쁜 말이 나빠지는 걸 생각해봐. 아무의 말이 점점 느려지고 점점 작아졌다. 아무도 나처럼 슬픈 것 같았다. 그러나 나와는 다르게 슬픔의 이유를 아는 것 같았다. 슬픈 아무. 아는 아무. 나는 하나 더 슬퍼졌다.

개 미용사가 개를 때려 죽였대. 팔을 높이 올리고 힘껏 내리쳤대. 개가 나동그라졌대. 미용사가 바로 세워도 바로 설 수가 없었대. 미용사가 아무 일도 하지 않았다면. 스윙이 스윙이 아니었다면. 스윙이 개를 죽였어.

나타난 아무의 말을 읽는다. 읽고 또 읽는다. 두통이 오고. 읽고 또 읽는다.

미용사는 동물 학대랑 재물손괴죄로 처벌받을 거래. 재물손괴라니. 한 집에 살던 존재가 사라졌는데. 잃은 마음. 잃은 마음. 그 마음을 짐작도 할 수 없는데. 재물손괴래.

그러고도 아무는 많이 말했다. 법은 정서와 다르고, 정서를 이해하는 것과 법제화하는 것은 별개의 문제이고, 그러나 법으로써 정서가 결정되기도 한다는 것. 법에서 재물로 규정한 것이니 파손하거나 파괴할 수 있는 사물로 인식하는 거 아니겠냐는 것. 유리창이나 나무 벤치나 방범등처럼. 생명이 없는 것들처럼.

나타난 아무의 말을 물끄러미 들여다본다. 녹음된 아무의 말을 재생한다. 아무는 아무의 방식으로 말했고 나는 아무의 방식으로 말하는 아무의 말을 이해하지 못했다. 못했으므로 예의를 갖춰 분노하는 척했고 슬퍼하는 척했다. 그렇게 예의를 차리는 한편으로 아무의 말은 이해하지 못하도록 내버려둔 채 아무의 손을 생각했다. 작은 손. 작고 귀여운 손. 작고 귀엽고 하얀 손. 아무의 손은 내 손에 꼭 알맞을 것이었다. 좀 걸을 테야? 걸으면서 지금 이 기분을 날려 보내자. 나는 말했다. 낯이 뜨거워진다. 기분을 날려 보내자니. 낯이 뜨거워진다. 말투도 그렇지만 의도 때문에. 나는 타이밍을 생각했다. 아무의 손을 잡을 적절한 타이밍. 걸으면서 잡는 것은 매우 자연스러울 테니까 걷고 잡자. 나는 그렇게 생각했다. 법, 정서, 재물, 파손, 파괴, 방범등, 생명 같은 말들을 짜 맞출 수 없었고 아무의 말은 내게 이미 나중에 이해하는 것이었으니까 걸으면서 손잡을 생각만 했다. 아무의 말 속에 있는 말은 나중에 이해해도 된다고, 그러니까 걸으면서 손잡을 생각만 했다. 아무는 나를 쳐다봤고 나는 이제야 나를 쳐다보는 아무의 눈을 본다. 아무가 눈을 감는다. 나는 아무의 눈꺼풀 밑에 있는 아무의 눈을 본다. 슬픈 아무의 눈. 탄식하는 아무의 눈. 불운을 감지한 아무의 눈.

집에 갈래. 아무가 말하며 일어섰다. 왜? 조금 더 앉아 있자. 나는 따라 일어서며 말했다. 아니야, 갈래. 아무가 말하며 버스 정류장 쪽으로 걸어갔다. 왜? 왜 그러는데에. 아직 해도 남았는데 왜애. 나는 따라 걸으며 말했다. 아무는 말하지 않으며 계속 걸었다. 갑자기 왜 그러는데? 내가 벚꽃나무 흔들어서 그래? 내가 자꾸 뭐 하자 그래서 그래? 나는 따라 걸으며 계속 말했다. 아무와 나는 버스에 탔고 아무는 계속 말하지 않았고 나는 계속 말했다. 말이 채근으로 바뀌고 다시 화로 바뀌었지만 아무는 말하지 않았다. 뭔데. 왜 그러는데. 뭐가 잘못됐으면 잘못됐다고 말을 해야 할 거 아냐. 왜 그러는지 말을 해야 할 거 아냐. 나는 계속 말했다. 난 너한테만 말하는데, 그런데 넌 내 말을 듣지 않는 것 같아. 아무가 겨우 말했다. 너는 말할 때도 혼자잖아. 원래부터 혼자잖아. 아무도 못 알아듣게 말하는 거잖아. 일부러 그러는 거잖아. 너한테만 정신이 팔려서. 너한테만 취해서. 나는 단어 하나하나에 힘을 주어 말했고 아무는 다시 조개처럼 입을 다물었다. 나는 휴대폰을 꺼내 녹음하는 것을 중지했다. 아무의 말 같은 건 이해하고 싶지 않았다. 화가 났다. 화가 멈추지 않았다. 버스에서 내리고 아무의 집을 향해 걸어가고 아무가 아무 말도 없이 집으로 들어가는 동안에도 화가 멈추지 않았다. 동시에 아무의 손을 잡을 생각도 멈추지 않았다. 걸어가는 아무의 손을 낚아챌 생각. 그것이야말로 자연스러울 것이라는 생각. 나는 화를 내면서 집으로 돌아왔다. 마음이 불타는 것 같았다. 존재가 불타는 것 같았다. 나는 화를 내면서 집으로 돌아왔고 화를 내면서 아무의 말을 옮겨 적었고 화를 내면서 아무의 말을 재배열했다. 그리고 이제, 나타난 아무의 말을 읽으며 아무처럼 슬프고 아무처럼 탄식하고 아무처럼 불운을 감지한다. 아무의 불운은, 나의 불운은, 나인 것일까.

거울이 깨졌다. 책상 위에 올려두었던 거울이 힘없이 깨졌다. 아무도 만지지 않았는데 아무도 건드리지 않았는데 스스로 떨어졌고 깨졌다. 깨진 거울을 들여다본다. 그 안에 깨진 내가 있다. 깨진 거울. 깨진 나. 깨진 거울 속의 깨진 나는 오른쪽 머리통이 높고. 왼쪽 눈이 없고. 오른쪽 턱이 낮고. 왼쪽 코가 반쪽 나고. 깨진 거울 속의 깨진 나는 아무래도 나 같지 않다. 나는 나의 뒷모습만 볼 뿐이다. 글자를 글자로만 읽을 뿐이다. 불꽃이 필요해. 나는 불꽃이 필요하다고 거듭 말하며 깨진 거울과 깨진 나를 주워 담는다.

이해할 수 없으면 이해할 수 있을 때까지 읽어. 나는 그래. 그러면 이해돼. 아무가 읽던 책을 읽을 때마다 의아했다. 글자는 글자로만 읽혔고 아무리 해도 글자 속의 글자는 읽히지 않았고 모든 글자가 말장난 아니면 무의미, 암호처럼 여겨졌다. 아무는 말했다. 아마 내가, 뭐가 뭔지 뭐가 어떻다는 건지 하나도 모르겠어. 이런 책을 왜 읽어? 물었을 것이다. 가만히 앉아 있기를 하지 않아 그래. 아직 부싯돌을 마련하지 않아 그래. 행간에 가만히 앉아 있기 하면서 말이야. 오래 가만히 앉아 있기 하면서 말이야. 부싯돌을 맞부딪치면 불꽃이 인단 말이야. 불꽃이 점점 커진단 말이야. 그럼 불꽃에 실려 글자들이 네 안에 든단 말이야. 그럼 느끼게 돼. 세상에 있는 모든 것들. 세상에 없는 것들까지. 무언가 잘못됐다는 것. 마땅한 일이 마땅하지 않게 일어나고 있다는 것. 모든 부드럽고 섬세한 것들이 얼마나 약한지 얼마나 강한지 알게 돼. 아무가 말했다. 꼼꼼히 말하는 아무의 말 앞에서 나는 이해할 수 없는 책을 두 권 읽은 참담한 기분에 사로잡혔다.

휴대폰을 들고 아무를 찾는다. 아무 거기 있니? 엔터. 나는 여기 있어 엔터. 나는 있어 여기 엔터. 하지 않고, 있어 여기 나는 엔터. 하지 않고, 나는 여기 있어 엔터. 한다. 내가 엔터 하고도 한참을 있다가 엔터 한다. 나는 아무의 공백을 이해한다. 지우고 지우고 쓰고 썼을 아무의 시간을 이해한다. 괜찮아 그냥 말해 엔터. 편하게 말해 엔터. 네 방식대로 말해 엔터. 기분이 나아진다. 그러나 아무의 공백. 나도 괜찮아 엔터. 그런데 왜? 엔터. 무슨 일 있어? 엔터. 아무의 엔터. 울적하다. 아무 일 없어 엔터. 아니 그냥 엔터. 그냥 궁금해서 엔터. 편하게 말하라니까 엔터. 아무의 공백. 거울이 깨졌어 엔터. 아무의 공백. 안 좋은 일이 생길 것 같아 엔터. 아무의 공백. 아픈 것도 같고 엔터. 아무의 공백. 공백은 거칠고 끝나지 않는다. 아무는 달아나려나.

아무의 말에서 놓여나고 아무의 말 같은 건 읽지 말아야겠다. 나는 생각하며 아무를 읽지 않기 위해 문장을 읽는다.

"일어나는 일마다 이름을 붙여 부를 수 있다면 이야기를 한다는 일은 불필요한 행위가 될 것이다. 이곳에서 일어나는 일들로 미루어 보건대 삶은 우리가 쓰는 낱말들을 초월한다고 말할 수밖에 없기 때문이다. 어떤 말인가가 결여되어 있기 마련이며 그렇기 때문에 이야기가 필요해진다."*

한 번은 아무의 미소가 매우 감동을 주는 것이어서 그에 걸맞는 적확한 낱말을 떠올리려 애썼으나 예감했던 것처럼 그런 낱말을 떠올리지 못했을뿐더러 애초에 그런 낱말이 있을 리 없다는 데 생각이 미쳐 장황한 말을 동원해야 했다. 나는—어떤 일 때문이었는지는 기억나지 않지만—도시에서 벗어났고—어떤 일 때문이었는지는 기억나지 않지만 일이 미끄러져—예정보다 길게 벗어났고 참을 수 없을 지경에 다다랐을 때에야 도시로 돌아올 수 있었다. 돌아오자마자 내가 한 일은 아무와 만나는 것이었는데 나와 같은 장소가 아니라 내가 있던 장소에 머물던 아무는 나와 얼굴을 마주 보던 순간에 한 번도 보여준 적 없던 미소를 보여주었다. 그 미소가 나를 뭉클하게 만들었다. 그 미소는 미소라기보다는 어떤 표정에 가까웠는데, 그러니까 웃는 것도 아니고 웃지 않는 것도 아니었으나 얼굴을 환하게 만드는, 그렇다고 해서 너무

* 존 버거, 『아코디언 주자』, 설순봉 옮김, 민음사, 1991, p. 107.

환하지는 않고, 그렇다고 해서 환함을 숨기려는 술책을 감춘 것도 아닌, 더 크게 웃고 싶지만 반가움이 너무 커서 근육을 모두 사용할 엄두도 내지 못하는, 어떤 지경을 보여주는 그런 표정이었다. 그렇게 좋아? 나는 말했고 아무는 그제야 활짝 웃으며 고개를 끄덕였다. 그날 나는 아무와 내가 만난다는 말에 아무와 내가 사귄다는 의미까지 포함된다는 것을 알았다. 그날 아무의 미소가 하나의 낱말로 이름 붙일 수 있는 것이었다면 나는 여전히 아무와 내가 만난다는 말의 의미가 아무에게 가거나 아무가 와서 우리 둘이 얼굴을 마주 보는 것에 그친다고 생각했을 것이다. 말하자면 아무의 미소를 설명하기 위해 떠올린 이야기, 그날과 그날의 언저리까지를 포함한 이야기가 아무와 내가 만난다는 말의 의미를 새롭게 했던 것이다.

문장을 읽다가 아무를 생각하는 짓은 하지 말아야겠다. 나는 생각하며 다시 문장을 읽는다.

"미셸은 자신의 어깨를 마사지해주던 오딜르를 침대까지 들고 가 사랑을 나누었다."*

악기가 된 오딜르를 상상한다. 아코디언처럼 미셸의 품에 안겨 수축과 이완을 반복하는, 주름 속에 잠복해 있다가 터

* 같은 책, p. 199, 문장의 일부를 변형하였다.

져 나오는 천상의 소리를 상상한다. 아무와 손잡고 아무와 키스하고 아무와 섹스하고. 아무와 손잡기 위해 하던 궁리들. 나는 몇 번이고 아무를 배웅했다.

아무의 집으로 가는 길. 커다란 호수를 크게 돌고 인적이 드문 길을 골라 걷고 편의점을 지나 전봇대를 지나 주차장을 지나 아무의 집. 되돌아 주차장 전봇대 편의점 길 호수. 다시 호수 길 편의점 전봇대 주차장. 아무는 웃었고 결국, 아파 다리, 말했다. 나는 몇 번이고 아무를 배웅하며 손잡기에 적절한 타이밍을, 손잡기에 자연스러운 방식을 생각하고, 손이 젖어 아무를 불쾌하게 만드는 일이 없도록 몇 번이고 바지에 손을 닦고, 거지같이 손도 못 잡는 내게 화내고, 끝내 아무의 집에 도착해 아무가 집에 들어가고 아무의 창이 켜지는 걸 바라보았다.

영화를 고르는 일. 영화를 고르고 영화를 보고 영화를 보면서 아무의 손을 잡고. 나는 영화 사이트에서 영화 한 편, 영화 두 편, 영화 세 편 상영될 시간만큼 머물면서 손잡기에 적절한 영화를, 손잡기에 자연스러울 영화를, 너무 노골적이어선 안 된다거나 어떤 시그널도 주지 못해선 안 된다거나 하는 생각을 하다가 얼간이같이 영화 한 편 고르는 데 하루를 다 쓰는 내게 화내고, 끝내 영화를 고르지 못한 채로 노트북을 덮었다.

짧은 문장 몇 개가 일으킨 파장은 자못 괴이해서 나는 도저히 아무를 생각하지 않을 수 없다. 문장을 읽다가 아무를 생각한다. 아무를 생각하지 않기 위해 문장을 읽다가 아무를 생각한다. 아무를 생각하지 말아야겠다고 생각하며 아무를 생각한다. 아무. 아무. 아무. 아무 일도 하고 싶지 않은 아무. 아무 일도 하지 않는 아무. 아무는 기어이 꿈을 완성하고야 만 것인가.

아무를 만나고 열흘이 지났다. 나는 자주 연락하고 아무는 간간이 답한다. 간간이 답할 때에도 아무처럼 말하지 않고 나처럼, 다른 사람들처럼 말한다. 말의 구조 같은 것은 염두에 두지 않고, 그런 것은 아무짝에도 쓸모없다는 투로, 들을 테면 듣고 말 테면 말라는 식으로 말하는 아무가 그립다. 아무가 아무처럼 말하지 않으니 나와 아무도 아무것 아닌 사이로 여겨진다. 사이. 아무와 내 사이. 사이와 사이. 틈. 틈새. 간극. 균열. 분열.

아무가 아무처럼 말하지 않는 동안 나는 아무처럼 말하고 그 말을 녹음한다. 속이 좁아 아무는. 잘못했다고 내가 뭘 그렇게. 화를 낼 일이야 그게 그렇게. 안 잡고 손도, 안 하고 키스도, 안 하고 섹스도. 사이야 이게 사귀는? 말은 짧고, 단어를 잘라낼 필요도 없이, 재배열할 필요도 없이 나는 내 말을 이해한다. 나는 아무래도 아무처럼 말할 수 없다.

자? 엔터. 자려구 엔터. 졸려? 엔터. 말해 엔터. 그냥 잠이 안 와서 엔터. 목소리 듣고 싶은데 엔터. 전화할까? 엔터. 아무의 공백. 중요한 일 아니면 문자로 하는 게 좋겠어 엔터. 아무의 엔터. 보고 싶어 엔터. 우리 만날까? 엔터. 아무의 공백. 아무의 공백. 아무의 공백. 음…… 엔터. 아무의 엔터. 왜 만나기 싫어? 엔터. 내가 싫어? 엔터. 아무의 공백. 그게 아냐 엔터. 아무의 엔터. 근데 왜? 왜 그러는데? 엔터. 내가 뭐 크게 잘못한 거야? 엔터. 만나서 얘기해 엔터. 얘기하고 풀자 엔터. 아무의 공백. 아무의 공백. 아무의 공백. 아무의 공백. 말은 엔터. 푸는 게 아니라 더 맺게 할 뿐이야 엔터. 아무의 엔터. 아무의 엔터.

아무의 말을 읽는다. 읽고 또 읽는다. 거기에 어떤 해답이라도 있는 것처럼. 어떤 실마리라도 있는 것처럼. 나는 아무라는 캔버스가 텅 비어 있는 것을 본다. 아무라는 캔버스에 아무것도 그리지 못하는 나를 본다. 아무라는 행간에 오래, 가만히 앉아 있어도 불꽃을 일으킬 수 없고 불꽃이 일지 않으니 아무를 내 안에 들이지도 못하는 나를 나는 바라만 본다. 나에게는 없고 아무의 엄마에게는 있는, 부싯돌.

엄마는 네 말을 다 이해하셔? 나는 말했다. 반은 이해하고 반은 이해 못 하는 것 같아. 아무가 말했다. 의사소통이 안 된

다는 말이군. 나는 말하며 웃었다. 괜한 기쁨이, 맹랑한 안도
가 차올랐다. 아니 우린 아주 잘 통하는 좋은 사이야. 아무가
말했다. 그리고 또 말했다. 우린 말없이 말하는 사이 같아. 엄
마랑 있다 보면 사람이 사람으로 사는 데 말은 그리 중요한
게 아니라는 생각이 들어. 중요하다고 계속 생각해서 중요해
진 것 아닌가 그런 생각이 들어. 아무는 말하며 고개를 까닥
였다. 그러고는 손목을 까닥이고 발목을 까닥였다. 부러 경
망해 보이려고 하는 짓 같았다. 그리고 아무의 의도대로 그
짓은 매우 경망해 보였다. 우린 아주 잘 지내. 반은 이해하고
반은 이해 못 하는 말로도 아주 잘 지내. 음, 뭐랄까, 기류 같
은 게 있는데, 공기가 흐르면서 마음이 마음에게 이르도록
한달까. 말로는 설명이 안 돼. 말은 왜 항상 부족한 걸까. 모
든 걸 다 말로 설명할 수는 없는데, 말이 아니어도 설명되는
게 있어서 다행이야. 나는 말하는 아무의 얼굴을 물끄러미
바라보았다. 행복해 보여서 심술이 났다. 괜한 심술. 비루하
고 너절한 심술. 엄마도 네가 읽는 책 같으시구나. 나는 말하
며 비죽거렸다. 아무가 엄마 말 하나는 참 잘 듣지. 말에 비아
냥이 섞여 들었고 아무도 눈치챈 것 같았다. 아무가 나를 흘
끗 쳐다봤다. 그리고 말했다. 엄마는, 너는 예쁜 아이야, 하
지 않고 너는 예쁜 사람이야, 했어. 너는 씩씩한 사람이야 너
는 속 깊은 사람이야 너는 품위 있는 사람이야. 엄마는 그렇

아무 일도 하고 싶지 않은 아무

게 말했어. 아이라고 하지 않고 사람이라고 했어. 내가 아주 어릴 때부터 그랬어. 난 그렇게 말하는 게 좋았어. 그렇게 말하는 사람이라면 신뢰해도 좋다고 생각했어. 그래서 나는 기억이라는 것을 갖게 된 시점부터 엄마를 신뢰했어. 신뢰하는 사람의 말을 듣는 게 나쁘다고 생각하진 않아. 나이가 많아져도. 나이가 아무리 많아져도. 그 순간 아무에게는 말이 있었고 나에게는 말이 없었다. 나는 아무런 할 말도 갖고 있지 않았다. 아무의 말을 반만 알아듣고도 기류 같은 게, 아무 말도 하지 말아야 한다고, 너에게는 말이 없어야 한다고 가르쳤다.

내게 아무의 말은 언제나 나중에 이해하는 것이었고 나중에 이해해도 되는 것이었고. 아무 생각하는 일을 멈추자. 나는 아무 생각하는 일을 멈추자고 생각하며 바로 눕는다. 바로 누워서 발끝으로부터 공기를 끌어 올리고 공기가 내 몸의 부분들을 돌고 느끼고 나와 함께 부드러운 어둠 속으로, 그 어떤 침전물도 없는 어둠 속으로 가라앉게 한다. 공기가 사라지기 직전 잠깐의 현기증이 일어난다. 이제 무엇인가가 의식을 빨아들이고, 무엇엔가로 의식이 빨려 들어가고 있다는 의식도 하지 못한 채로 잠에 들 것이다. 잠드는 순간을 알아챌 수 없게 잠들어버릴 것이다. 넌 어쩜 그렇게 아무 데서나 잘 자? 아무가 말했다. 나는 내 앞에서 지워지는 아무를 바라보며 잠에 들었다. 잠에 들 때마다 아무가 지워졌다. 아무가 지워지지 않도록 머리를 털고 몸을 부르르 떨고 뺨을 때렸지만 번번이 아무는 지워졌고 아무를 놓쳤다. 아무가 지워지지 않도록, 아무를 놓치지 않도록 깨어 있어야 했는데. 잠 오지 않고 아무가 온다. 아무 생각하는 일을 멈추어야 하는데 아무가 온다. 여기에서. 저기에서. 아무 때나. 마구.

누군가 등 한가득 허공을 얹어놓은 것 같다.

공

백

과

공

백

나는 자주 연락하고 아무는 간간이 답한다. 간간이 답할 때에도 아무처럼 말하지 않고 나처럼, 다른 사람들처럼 말한다. 내가 연락하지 않으면 아무는 연락하지 않는다. 아무는 달아나려나. 아니라면 이미 마음이 달아나서 달아날 게 없는 것이려나. 늘어놓은 아무의 말을 들여다본다. 읽지는 않고 들여다보기만 한다. 그곳에서 슬픔 같은 것이, 설움 같은 것이, 비통 같은 것이 떠오른다. 슬프고 서럽고 비통하다. 아무 일도 하고 싶지 않은 아무. 아무 일도 하지 않는 아무. 아무 일도 하고 싶지 않은 나. 너무 많은 일을 하는 나. 아무를 이해하기 위해 나는 번번이 아무를 나중에 이해했고 아무라는 행간에서 자꾸 달아났고 너무 많은 말들을 필요로 했고. 늘어놓은 아무의 말을 한데 모은다. 반은 이해하고 반은 이해 못 하기 위해 아무의 말을 한데 모은다. 말은 죽고. 말의 죽음은 어디에나 있고. 말을 죽이고. 아무에게 가기 위해 말을 죽이고.

바깥의 높이

밤에는 비가 왔고 새벽이 다가올 때쯤 눈으로 뒤바뀌었다. 밤이 조금씩 희미해졌다. 추위도 그만큼 더 내려앉았다. 이불을 끌어당겨 어깨를 덮고 조금 더 끌어당겨 코를 덮었다. 숨으로 가득 찬 이불. 천천히 그리고 빠르게 숨을 들이쉬고 내쉬고. 숨 쉬는 일밖에는 할 게 없는 밤이라는 것에 안도하고. 다시 천천히 빠르게. 들 이 쉬 고 내 쉬 고. 들이쉬고 내쉬고. 반복하며. 들이쉬고 내쉬는 일을. 양 세는 일. 양 세는 일처럼. 밤이 깊어지자 어머니의 한숨 소리도 깊어졌다. 대나무 부딪는 소리도 달빛 꺼지는 소리도 깊어졌다. 밤의 소리들이 점, 차, 깊어지면서 고독 같은 것을 슬픔 같은 것을 몰고 왔다. 소리로부터 멀어지기 위해, 멀어져 잠으로 들어가기 위해 숨을 쉬었으나 소리들은 점점 더 가까워지고 깊어졌다. 나는 아무래도 잠으로 들어갈 수 없었다. 눅눅해진 이불을 살짝 걷어 올리고. 차가워 소스라치고. 방의 냉기에서 정중함이라고는 찾아볼 수 없는걸.

내가 소리로부터 멀어지기 위해 안간힘 쓰고 있을 때 어머니는 등을 둥글게 말고 간간이 한숨을 내쉬며 점차 희미해지는 밤 안에 있었다. 손은 부지런하고도 나른하게 움직였는데 움직임 끝에서는 따깍따깍 따따깍 대나무 부딪는 소리가 났다. 불규칙하게 쌓이면서 음악이 되고, 문풍지 사이에서 펄럭거리는 바람이 되는 소리. 차곡차곡 쌓이는 소리들을 들으면 저절로 호롱불이 떠올랐다. 어머니의 그림자도, 어머니조차, 흔들고 일그러뜨리고 까맣게 그을려버리는 호롱불. 어머니의 그림자는 아주 커져서 먼 곳으로 달아났다가 두 팔을 치켜들고는 무서운 속도로 내게 달려들었고 그러다 또 소실점이 되어 내 호흡 속에 가라앉기도 했다. 나는 그을음이 어머니를 삼켜버릴까 봐 겁이 났다. 그을음이 될 어머니가 무섭기도 했다. 그을음이 되어서 내 몸 어딘가에 묻어 절대 떨어지지 않을까 봐 두려웠다.

새까맣게 앉아 있는 어머니
어머니는 까맣고

따깍따깍 따따깍. 딱따기를 치며 동네 한 바퀴. 따깍따깍 따따깍. 딱따기를 치며 동네 두 바퀴. 야경꾼이 딱따기를 치면 저물었던 별이 다시 나타나고 차가운 계절이 물러나지. 불안은 더 이상 없을 거다. 어머니가 말했다. 5촉짜리 전기등이 흔들렸다. 너무 희미해서 어머니의 손만 간신히 비출 뿐인 전기등이 흔들렸다. 호롱불이 아닌데도. 호롱불이 아닌데. 그럴 때마다 어머니도 자꾸만 흔들리고 일그러지고 그을렸다. 하지만 슬픔은요? 야경꾼이 다가오거나 멀어지는 소리만 들어도 슬픈걸요. 나는 야경꾼의 발소리가 슬픔을 만드는 재주를 지녔다고 생각했다. 야경꾼의 슬픈 발소리. 네 개의 발이 엇갈리며 만들어내는, 불규칙하게 쌓이는 발소리. 발소리는 텅 빈 골목을 채우며 공허하게 울려 퍼지다가 죽은 듯 사라졌다. 그러고는 다시 나타나 잠시 웅성거렸고 짐작이 가능한 속도와 방향으로 흩어졌다. 도두우욱 조심 불조오오심. 야경꾼의 목소리. 골목 틈새를 꼭꼭 채우며 퍼져나가는 목소리. 슬프고 지친 소리. 따깍따깍 따따깍. 도두우욱 조심 불조오오심. 나는 경계를 풀지 않으며 야경꾼이 다가오거나 멀어지는 소리를 들었다. 밤을 지키는 소리들은 어쩌면, 그러니까 아침을 슬퍼하는 소리가 아니었을까 생각하며. 부서지는, 부서진 아침을 슬퍼하는 슬픈 소리. 어머니도 아침이면 잠에 들겠지. 부서지는, 부서진 아침의 날개 밑에서 고요하게, 고요히 잠에 들겠지. 따깍따깍 따따깍. 야경꾼들은 딱따기를 치며 묵묵히 걸었다. 빛이 새어 나오는 집 앞에서는 잠시 걸음을 멈춘 채 성냥불에 담배를 지지며.

혹 추워질 때를 대비해서 이불을 한 채 더 내려놓거라. 어머니는 등을 둥글게 말고 간간이 한숨을 내쉬며 말했다. 네, 어머니. 그런데요 어머니, 이불을 덮어도 추운걸요. 코까지 당겨 덮어도요. 숨 때문에 더 추워지는걸요. 나는 찬 숨으로 가득 찬 이불을 다시 코까지 당겨 덮으며 말했다. 어머니의 대나무 바늘이 따깍따깍 따따깍 대나무 부딪는 소리를 냈고 때로 고요 속에 묻히기도 하면서 호리호리하게 움직였다. 이불을 한 채 더 덮거라. 어머니는 흘러내리는 웃옷을 바투 당겨 여미며 말했다. 손이 곱구나. 어머니가 입가로 두 손을 끌어모아 입김을 내뿜었다. 폭닥폭닥 하얀 입김이 어머니의 입가와 두 손 사이에서 피어올랐다. 흰 눈. 흰 눈 같았다.

그해의 첫눈도 그랬을 것이다. 까만 어둠 속으로 폭닥폭닥 내린 눈. 빨간 항아리 위로 사복사복 내려앉은 눈. 마당 한가운데 있던 초록색 펌프와 작은 텃밭에 자박자박 쌓인 눈. 호리호리해서 금세 꺼질 것 같던 눈. 어머니는 나를 깨우고. 들창 밖은 하얗고. 어머니 손에 손을 감싸인 채로 방을 나서면. 마루를 건너 디딤돌을 밟고 신발을 신으면. 마당으로 내려서면. 첫눈이구나. 첫눈이 소담스럽구나. 발자국을 찍으려무나. 첫눈 위에 첫발자국을 찍으려무나. 나는 첫눈 위에 첫발자국을 찍으며 어머니 추워요 어머니 졸려요. 움직이면 춥지 않을 게다. 추위가 따라붙지 못하도록 빠르게 움직이거라. 어머니는 말했지만. 추위가 따라붙지 못하도록 빠르게 움직이면 달리면. 바람이 갈기 사이사이 추위를 감추고 달려와 코와 볼을 잡아떼 갔다. 어머니, 이제 들어가면 안 되나요? 이불을 덮고, 한 채 더 덮고요. 찬 숨으로 가득 차지 않도록 숨을 참고요. 숨을 참고, 참은 채로 어머니의 대바늘 소리가 잠들 때를 기다리고 싶어요. 어머니는 아랑곳하지 않고 고개를 돌렸다. 새끼 쥐 한 마리가 떨어져 내렸고. 떨어져 내릴 것을 알았단 듯 어머니는 고개를 돌렸다. 새끼 쥐 한 마리가 처마에서. 첫눈처럼은 아니지만 첫눈에 못지않게 사박사박. 희고, 금세 꺼질 것처럼 호리호리하게 떨어져 내렸다.

나는 첫눈 위에 찍힌 첫발자국 위에 서서 새끼 쥐 한 마리가 떨어져 내리는 모습을 도리 없이 지켜보았는데 새끼 쥐 한 마리는 처마에서 죽담으로 다시 마당으로 구르면서 뜨겁다는 듯이, 태어나 세상 위로 구르는 일이 차마 뜨겁다는 듯이 쉬지 못하고 꼬물댔다. 눈도 뜨지 못하고 털도 찌지 못한 새끼 쥐 한 마리가 도리 없이 꼬물댔다. 새끼구나. 어머니가 말했다. 아주 작은 새끼야. 어머니가 말했다. 절편 같구나. 어머니가 말했다. 징그러워요 어머니. 나는 어머니 말처럼 절편 같지는 않고 작은 괴물 같거나 큰 애벌레같이 생긴 새끼 쥐 한 마리를 첫눈 위에 찍힌 첫발자국 위에 서서 지켜보았다. 달도 없이 까만 어둠 속에서, 까만 어둠을 몰아내는 첫눈 위에서, 첫눈의 빛을 무람하게 받으며 꼬물대는 생명체를 지켜보았다. 어미에게 돌려보내야겠구나. 어머니는 나를 놓아둔 채로 새끼 쥐에게 다가갔다. 내 발가락이 얼어붙은 줄도 모르고. 내 슬픔에 살이 오르는 줄도 모르고. 내 눈동자에서 한숨이 흘러나오는 줄도 모르고. 새끼 쥐에게 다가갔다. 다가가 부지런하면서도 나른하게 손을 놀려 새끼 쥐 한 마리를 왔던 곳으로 돌려보냈다. 어미 쥐가 있을까요? 입김을 불어내며 말했다. 어미니까 있겠지. 어머니가 말했다. 당연한 걸 묻는다는 투로 짧고 단호하게. 따깍따깍 따따깍. 딱따기 치는 소리. 도두우욱 조심 불조오오심. 야경꾼의 목소리. 야경꾼이 외쳤다. 나는 미동도 없이 나를 옴짝달싹 못 하게 만드는 첫눈 위에 찍힌 첫발자국 위에 서서 딱따기 치는 소리와 야경꾼의 목소리를 들으며 어미니까 있겠지 어머니의 목소리를 지켜보았다. 어머니는 담장 너머로 잠깐 시선을 옮겼다가 몸을 돌렸다. 무슨 일이 일어난 건지 미처 이해하기도 전에 어머니가 몸을 돌려, 몸을 돌린 채 그대로 방을 향해 발을 옮겼다.

어머니가 나를 잊고 지나갔다.

잊다. 지나간다. 어머니가 나를 잊고.

나는 첫눈 위에 찍힌 첫발자국 위에 서서 어머니가 나를 잊는 소리와 어미니까 있겠지 하던 어머니의 목소리와 따깍 따깍 따따깍 야경꾼이 딱따기 치는 소리를 들었다. 도두우욱 조심 불조오오심. 야경꾼이 딱따기를 치며 지나갔다. 모두가 지나가는 자리. 첫눈 위에 찍힌 첫발자국의 자리. 나는 그 자리에 서서 나도 지나가고 싶다고 생각했다. 어디든 지나가고 싶다고. 발가락이 얼어붙어 아무 데도 지나가지 못하면서 지나가고 싶다고 생각했다.

저 무리 중에 있을까요? 있겠지요? 무슨 소리냐? 새끼 쥐요, 어머니가 돌려보냈던. 무슨 소린지 도통 모르겠구나. 나를 따라 천장을 바라보던 어머니가 말했다. 호다닥 우당캉 쥐들이 뛰어다니는 소리와 함께 따깍따깍 따따깍 어머니의 대바늘 소리가 이어졌다. 어미니까 있겠지 하셨잖아요. 알 수 없는 소리를 알 수 없게 하는구나. 잠이나 자두거라. 나는 기억했다. 눈도 못 뜨고 털도 못 찌고 그저 하나의 덩어리일 뿐인 새끼 쥐가 처마에서 떨어지던 날 사다리를 타고 올라가 새끼 쥐를 처마 밑으로, 있던 곳으로 돌려보내던 어머니. 그때부터였을 것이다. 보꾹에서 쥐들이 쏟아져 내리는 상상을 멈추게 된 것은. 쥐들이 쏟아져 온 방이 새카맣게 움직이는 상상을 멈추게 된 것은. 이불 속이 숨으로 가득 차고. 냉기가 되고. 숨을 내쉴수록 얼음이 되는 이불 속에서 나는 쥐들이 내는 소리를 들으며 가까스로 잠에 들었다. 쥐들이 내는 소리를 들으면 폭우의 기미라고는 전혀 없는 하늘이 떠올랐다. 아지랑이를 피워 올리는 언덕과 잡풀로 우거진 소로도. 그곳에서 비로소 나는 내 나이를 살았다. 잠도 많고 꿈도 많은 나이를.

  나는 숨을 들이마셨다. 깊고 더 깊게. 내쉬는 걸 영원히 잊었으면 하고. 이불을 한 채 더 덮거라. 추우면 말이다. 어머니가 말했다. 나는 이불을 한 채 더 덮는 대신 베개를 두들겨 부풀렸다. 베개에 얼굴을 묻고 군데군데 너무 깊어서 겁먹게 만드는 구덩이를 상상했다. 그러고는 구덩이를 흙으로 덮었다.

  숨을 거두기 전 어머니는 창가에 바싹 붙어 앉아서 겨울 추위가 지나가고 봄꽃이 피고 여름 더위가 사그라드는 것을 지켜봤다. 그러고는 숨을 거뒀다. 가을 낙엽이 떨어진 후. 또 다른 추위가 몰려오기 전에. 그대로 놔두거라. 숨을 거두기 전까지 어머니는 말했고 나는 어머니의 말대로 들창을 그대로 놓아두었다. 들창을 닫았어도 홑벽으로 스미는 바람을 어쩌지는 못했을 테지만 겨울에도, 한겨울에도 들창을 닫지 못하게 하는 어머니에게 옹졸한 마음이 드는 건 어쩔 수 없었다. 어머니는 옆구리를 벽에 바투 붙이고 두 팔을 창턱에 올려놓고 팔 위에 턱을 얹었다가 뗐다가 하면서 지냈다. 숨을 거둘 때에도 다르지 않았는데 다른 것이 있었다면 미처 창턱에 올라가지 못한 왼쪽 팔이 안쓰럽게 축 늘어져 있었다는 것이다. 숨을 거둔 후 떨어진 것일 수도 있겠고 나머지 팔을 들어 올리지 못할 만큼 기력이 쇠한 탓일 수도 있겠으나 나는 자꾸만 어머니가 왼쪽 팔을 들어 올리려고 기를 쓰다가, 기를 썼기 때문에 죽은 건 아닐까 생각했다. 그리고 그 생각은 간혹 들창이 어머니를 죽였을지 모른다는 생각으로 옮겨갔다. 둘 다 어림없고 난감한 생각이었으나 어머니는 역시나 어림없고 난감한 사람이었으니까 그 생각은 어머니의 죽음에도 꽤 어울리는 것 같았다. 들창이 언제부터 그곳에 있었는지는 기억나지 않는다. 내 기억 속에서 그곳은 언제나 벽이었고 지금도 가끔 그곳에 들창이 있었다는 사실이 믿기지 않는다. 들창은 그야말로 문득, 불현듯 생겨난 것 같았다. 마치 어머니의 마지막을 준비하기 위해 태어난 것처럼.

야경꾼은 지나갔니? 언제 오니? 어머니는 창가에 몸을 바싹 붙여 앉은 채로 말했다. 이제 야경꾼은 오지 않아요. 야경꾼의 시간은 끝났어요. 말해도 소용없었고 왜냐고도 묻지 않았다. 어머니는 그저, 그러니? 그렇구나, 고개를 끄덕였을 뿐인데 잠시 후에는 또다시 야경꾼은 지나갔니? 언제 오니? 물었다. 이제 뜨개질은 안 하세요? 뜨개질을 하기엔 너무 밝구니. 야경꾼 소리가 딱 지겨워져서 물었을 뿐이지만 어머니는 그렇게 대답했다. 뜨개질을 하기엔 너무 밝다고. 어머니는 밤마다 뜨개질을 했다. 5촉짜리 전기등 아래에서. 어머니의 손만 간신히 비출 뿐인 전기등 아래에서. 붉은 실로. 밤마다 붉은 실로. 따각따각 따따각. 어머니의 손에서는 대나무 부딪는 소리가 났고 전기등의 불빛은 작고 하찮게 깜박였고 그에 맞춰 어머니의 그림자도 자주 뒤로 숨고 간혹 사라졌다. 나는 한여름에도 이불을 코까지 끌어당겨 덮고 보이지 않는 어머니를 바라보았다. 그예 놓치는 일이 생기지 않도록 바라보고 또 바라보았다.

어머니는 부드럽고 온화했으나 다정하다고는 말할 수 없는 사람이었다. 섬세했으나 둔했고 예민한 만큼 무뎠다. 그리고 대체로 어머니는 어머니를 잊고 지냈다. 아주 간혹 어머니가 어머니를 기억해내는 때가 있었는데 그럴 때면 마음이 어수선해져서 울음이 북받쳤다. 그러니까 뜨개질하던 손이 내 이마에 내려앉으면.

아주 간혹 뜨개질하던 손이 내 이마에 내려앉았다. 한숨 소리도. 그런 날의 한숨 소리는 여느 때의 것과는 달랐는데 뭐랄까 땅에 떨어질 것 같은 높이를 끌어 올리려 애쓰는, 말하자면 뭐랄까 무한한 피로와 절대적인 고요 같은 것, 그러니까 뭐랄까 나는, 그래서 나는, 번번이 잘못된 공간에 놓인 것 같은 느낌에 붙들리고 말았다. 어머니는 공허와 함께 잠들고 공허와 함께 깨어나는 사람이었다. 깨어나서도 공허를 벗지 않았다. 어머니가 허락한 것은 5촉짜리 전구와 야경꾼의 딱따기 소리와 들창 같은 것들뿐이었다. 어머니는 그 안에서만 안도하는 것 같았다. 그런 어머니가 어머니를 잊고 어머니가 되려 할 때마다 나는 어쩐지 불길하고 불안해졌다. 공허조차 달아나서, 발견되지 않는 완전한 헛것이 될 것 같았다. 아니라면 물기라고는 없는 매운 재가 되어 폭삭,

　나는 바다로 내려갔다. 멀리 배 한 척이 떠 있는 것 말고는 그곳에 바다가 있는 줄도 모르게 어둠이 깊었다. 어둠 속에서, 죽은 낙엽과 나뭇가지를 발로 차내며 움막 같은 숲을 헤쳐 나갔다. 소나무향이 짙게 퍼지면서 야트막한 비명을 질러댔다. 어머니의 높이 같았다. 도. 어머니의 높이는 한 번도 도 위로 올라가지 않았다. 늘 땅에 떨어질 것 같은 높이로 말했다. 밖이 아니라 안으로 스며드는 높이. 그래서 자주 어머니의 말을 놓쳤다. 무 꼬리가 길구나. 올겨울은 혹독하겠어. 어머니는 말했다. 무도 겨울 날 생각에 무 꼬리를 길게 빼 땅에 묻는다는 것이었다. 어머니는 땅에 떨어질 것 같은 높이로 흘러가는 말들을 했으므로 어머니의 말을 잡거나 기억할 필

요는 없었다. 하지만 그 말만은 어딘가 모르게 감미롭게 느껴져서 가을만 되면 나는 시장을 돌아다니며 무 꼬리를 살폈다. 무 꼬리가 길군. 올겨울은 혹독하겠어. 줄곧 말하며. 무 꼬리가 짧은 해에도 마찬가지로. 무 꼬리가 길군. 올겨울은 혹독하겠어. 줄곧 말하며. 같은 말을 되뇌다 보면 밤마다 뜨개질하는 어머니를, 풀고 다시 여며놓는 어머니를 어렴풋이나마 이해할 수 있을 것 같았다. 밤으로 하염없이 들어가는 것. 생명보다 먼저 존재했던 밤으로 파고드는 것. 어둠을 피해 밤으로 달아나는 것. 그것이 어머니가 생을 견디는 방식이었으리라고.

나는 어머니가 살아 있을 때보다 어머니가 죽어 있을 때 더 많이 어머니를 생각했다.

나는 바다로 내려갔다. 어머니의 시신을 안고. 멀리 있던 빛이 조금씩 커지고 밝아졌다. 배가 돌아오고 있었다. 바다가 드리운 어둠을 몰고. 어둠이 몰아낸 바다를 밀고. 배가 돌아오고 있었다. 빛이 더 커지면. 가까워지면. 어머니를 내려다봤다. 보이지 않았다. 보일 리가 없었다. 어머니를 본 적이 있던가. 나는 다만 대나무 부딪는 소리와 한숨 소리와 흐릿한 전기등 밑에서 빠져나와 내 이마에 얹히곤 하던 어머니의 손을 보았을 뿐이다. 때로 그것조차 보지 않기 위해 이불 속에 나를 파묻었지. 파묻었다. 파묻어도 파묻히지 않는 냉기와 함께. 이불 속은 차가웠지. 숨을 들이쉬고 내쉴 때마다 이불 속이 한 뼘씩 더 차가워졌다. 잠도. 어머니가 아닌 어머니를 바라볼 때마다. 어머니가 아닌 어머니를 기억할 때마다. 이불 속도 잠도 차가워져서. 찬 숨을 깊이 들이마시며,

들창으로 바다를 들여다보았다. 옆구리를 벽에 바투 붙이고 두 팔을 창턱 위에 올려놓고 팔 위에 턱을 얹었다가 떼었다가 하면서 어머니가 내다보던 들창으로. 들창으로 들이치던 것은 바람만이 아니었다. 비도 들이쳤고 눈도 들이쳤고 꽃도 낙엽도 저녁빛도 들이쳤다. 그것들 중 대부분은 용케 어머니를 피해 방 안에 착지했으나 더러는 용케 어머니를 피하지 못해 어머니에게 달라붙었다. 어머니는 비가 되고 눈이 되고 꽃이 되고 낙엽이 되고 저녁빛이 되면서 들창에 바싹 붙어 앉아 야경꾼은 지나갔니? 언제 오니? 물었다. 나는 한 눈으로는 이제 뜨개질은 안 하세요? 묻고 한 눈으로는 바다를 들여다보았다. 깊은 곳에서 출렁이는 바다. 깊이 우는 바다. 한 번도 보지 못한 바다를. 그리워하며 한사코 바다를 들여다보았고 그것이 나를 고통스럽게 했다. 내가 무엇인가를 그리워할 수 있다는 것이. 그리워하는 것이 무엇인지를 모르는 것이. 그것이 나를 고통스럽게 했다.

나는 바다로 내려갔다

어머니의 시신을 안고

어머니의 시신은 생각보다 무겁고 보이지 않았다

음표들의 도시

그녀는 하늘과 땅이 만나는 지평에서 태어났다. 하루가 저물고 있었다. 하늘은 타올랐고 바람은 숨죽인 채 잠들 곳을 찾아 대지를 배회했다. 땅을 어루만지는 갈대 소리가 고 즈넉하게 들려왔다. 그녀는 기지개를 켰다. 가늘고 흰 팔이 공작 깃털처럼 펼쳐졌다. 평평한 젖가슴과 마른 다리에 생기가 돌기 시작했고 머리카락은 꿈틀거렸고 얼굴에는 기품이 흘러넘쳤다. 그녀는 팔다리를 천천히 주의 깊게 움직여보았다. 자신의 의지가 아니라 타인의 의지인 것처럼 팔다리가 어색하고 불편하게, 움직이지 않으려고 안간힘 쓰며 제멋대로 움직였다. 그녀는 표오 한숨을 내쉬고는 한 발을 내딛고 또 한 발을 내딛으면서 걷기 시작했다. 자신의 몸을 처음

사용하는 사람들이 으레 그렇듯 그녀의 걸음걸이도 불완전
했다. 중심을 잡는 것도 앞으로 나아가는 것도 생각만큼 쉽
지 않았다. 중심을 잡기 위해 그녀의 양팔이 자연스레 벌어
졌다. 양팔저울처럼 오른쪽으로 왼쪽으로 팔이 기울었으나
곧 보기 좋게 수평을 잡았고 한 걸음 뗄 때마다 무릎 관절도
부드러워졌다. 허리가 꼿꼿해지고 움직임이 편해지자 허공
을 걷는 듯한 불안감도 사라졌다. 그렇게 얼마간 걷자 피로
가 몰려왔다. 대지가 그녀의 발목을 붙들고 눈꺼풀까지 내려
앉게 만들었다. 그러나 그녀는 멈추지 않았다. 그녀는 대지
의 손을 풀고 무거운 다리를 들어 다시 걷기 시작했다. 더디
고 고된 길을 걸어 앞으로 나아갔다. 고적한 시간이 그녀의
뒤를 따랐다.

그녀가 처음 당도한 곳은 거대한 음계로 이루어진 도시였
다. 그녀는 숲으로 둘러싸인 거대한 성과 성곽을 바라보며
으음계, 하고 중얼거려보았다. 부드럽고 물컹한 무엇인가가
목젖을 톡톡 건드리다가 재빠르게 도망쳤다. 아주 잠깐 그녀
는 자신의 몸이 공명통이 된 듯한 착각에 빠져들었다. 알 수
없는 것들이 몸을 둥둥 울려대는 것만 같았다. 그녀는 음계,
으음계, 반복해서 중얼거리며 음의 계단을 밟아 도시로 들어
갔다.

도시는 알 수 없는 소리로 넘쳐났다. 태어나 처음 듣는 소리였다. 소리는 복잡하고 혼란하고 그러나 기민하고 절도 있는 태도로 깜박거리면서 흩어지면서 몰려다니면서 그녀의 맥박 위를 뛰놀았다. 그녀는 금세 소리에 매혹됐다. 귀를 열고 기꺼이 소리의 폭풍에 몸을 맡겼다. 흔들리면서 홀리면서 열기로 취한 채 몽유병자처럼 움직였다. 정신을 잃을 것만 같았다. 가까스로 소리에서 풀려났을 때 그녀의 눈에 들어온 것은 음표를 쓴 사람들이었다. 한 사람 두 사람 모두 다 너 나 할 것 없이 음표를 쓰고 다니는 사람들 사이로, 사람들이 모여드는 곳마다 소리가 흐르고 넘쳐났다. 그녀는 걸었다. 그리고 오래지 않아 거대한 저택과 만나게 되었다. 담쟁이덩굴이 벽이며 창문을 온통 덮고 있어서 저택의 본래 모습을 알기 어려웠으나 뾰족한 첨탑과 모서리마다 잡혀 있는 각, 아치형 창이 나 있는 것으로 보아 중세풍으로 지은 건물인 것 같았다. 저택까지 이어진 길 양쪽으로는 소나무가 빼곡하게 서 있었는데 도열한 병정들처럼 질서가 잡히고 바짝 긴장한 모습이었다. 그 위로는 푸른 하늘이 주름 하나 없이 팽팽하게 당겨진 채 펼쳐져 있었다.

거기서 뭐 하는 거요?

온음표를 쓴 사내가 말했다. 키가 크고 마르고 볼우물이 팬 사내였다. 몸피만큼이나 사내의 표정도 강퍅하고 건조했는데 짙고 숱 많은 눈썹이 날카로움을 어느 정도 희석해주었다. 그녀의 눈동자가 사내를 빤히 바라보았다.

뭐 하는 것인지 묻고 있지 않소? 이곳은 사유지요.

그녀는 사, 유, 지, 하고 똑똑 끊어 발음해보았다. 비밀스럽고 은근하면서도 어딘지 모르게 위압적인 느낌을 주는 말이었다. 이번엔 좀더 크고 분명하게 말해보았다.

사. 유. 지.

개인 소유의 땅이란 말이오. 이방인은 들어올 수 없소.

말을 마친 사내가 그녀를 주의 깊게 바라보다가 갑자기 표정을 누그러뜨리며 미소 지었다. 사내의 양쪽 눈가에 세 개씩 여섯 개의 주름이 잡혔다. 일부러 그려 넣은 것처럼 뚜렷하고 골이 깊었는데 그것이 사내를 우스꽝스럽게 만들었다. 더구나 사내가 말할 때마다 온음표가 까딱까딱 움직이는 통에 웃음을 참기가 여간 어려운 게 아니었다. 결국 그녀는 웃음을 터뜨렸다. 돌연한 웃음과 마주한 사내는 어쩔 줄 몰라하며 얼굴을 붉혔다. 그녀는 더욱 크게 웃었고 어느 순간 웃음이 딸꾹질로 변해 튀어나왔다. 딸꾹딸꾹. 사내의 눈에 또다시 여섯 개의 주름이 잡혔다.

갈 곳이 없다면 얼마간 이곳에 머물러도 좋소.

사내는 오른쪽 손을 뻗어 길을 터주었고 그녀는 사내의 손이 가리킨 곳을 따라 걷기 시작했다.

154

저택에 가까워질수록 온음표의 움직임이 눈에 띄게 활발해졌다. 바람을 만난 팔랑개비 같기도, 계단을 딛고 달아나는 빗방울 같기도 했다. 그녀는 웃었고 계속해서 웃었다. 웃음이 그녀의 몸속에 눌러앉은 모양이었다. 사내가 거대하고 육중한 문 앞에서 걸음을 멈추고는 문고리를 잡아당겼다. 절대 열릴 것 같지 않던 문이 열리고 그 틈으로 따뜻한 불빛이 흘러나왔다. 사내가 문 안으로 들어서며 말했다.

이곳에선 나와, 이곳을 관리하는 몇몇 사람들을 빼고는 대화를 나누지 않소. 말이 불필요하다는 것을 당신도 곧 깨닫게 될 거요. 그리고 익숙해질 거요.

사내는 등을 보인 채로 말했다. 그녀는 그 말을 한 귀로 흘렸다. 천장에 매달린 샹들리에에 온통 마음을 빼앗겼기 때문이다. 작고 유려한 조각들이 빛을 흡수하고 또 반사하며 고혹적으로 빛나고 있었다. 겨울을 돌아 나온 꽃이 은은하게 눈꺼풀을 열고 있는 듯했다. 무연히 바다를 바라보는 눈동자 같기도 했다. 일정한 거리를 유지하면서 무한한 자력으로 끌어당기고. 서로 부딪칠까 봐 두려워하고. 부딪치는 순간 존재가 깨어질 것을 염려하고.

꼭 눈물이 굳어진 것 같아요. 저 유리 조각들 말이에요.

그녀가 샹들리에를 가리키며 말하자 사내가 검지 손가락을 입술에 붙이고는 그녀에게 주의를 주었다.

쉿! 당신도 익숙해질 거요. 당신한테는 16분음표가 어울리겠군.

그녀는 사내가 건넨 16분음표를 쓰고는 조랑말처럼 따각따각 여기저기를 헤집고 돌아다니며 회오리 같은 음악을 쏟아냈다.

처음 얼마 동안 그것은 신비한 주술로 그녀를 매혹했다. 음표들이 충돌하며 빚어내는 소리는 소금기를 머금어서 군데군데 희끗희끗해진 구릿빛 피부를 떠오르게 만들었고 노란 유채꽃밭을 내달리는 스커트 자락을 생각나게도 했다. 단순하고 무해한 호기심으로 가득한 어린아이의 눈망울과 마주치는 것 같기도 했다. 그녀는 저택의 이곳저곳을 누비고 다녔다. 가벼워서 금방이라도 흩어져버릴 것만 같은 걸음걸이로. 사람들과 마주칠 때마다 이제껏 들어보지 못했던 음악들이 소용돌이를 이루며 그녀의 가슴으로 밀려들어왔다. 그녀는 순간, 전쟁터에서 살아남은 병사처럼 삶에 고마움을 느꼈다.

사람들은 정원의 벤치에 앉거나 잔디에 누워 햇살을 즐겼다. 고목에 매달린 그네에 앉아 시간을 밀어내기도 했다. 잔디는 푹신했고 정원에는 갖가지 꽃들이 만발해 벌과 나비를 불러들였고 새들은 사람들 어깨에 내려앉았다. 그녀는 잔디에 누워 있는 것을 좋아했다. 눈을 감고 있으면 빛의 입자들이 눈 속을 떠돌고는 했는데 그것은 흰색의 빨간색의 초록색의 불빛이 되었다가 한순간 캄캄해지고 나비가 되어 날아올랐다가 내밀한 침묵에 닿아 헤아릴 수 없을 정도로 증식하며 그녀를 옅은 우울감 속으로 몰아넣기도 했다. 내려앉는 빛으로 인해 배꼽이 따뜻해지는 느낌도 그녀를 매혹하는 것 중 하나였다.

식사 시간은 하루에 두 번, 두 시간씩 주어졌다. 사람들은 저마다의 방식으로 저마다의 시간을 즐기다 저마다 내키는 시간에 들판으로 갔다. 푸른 들판과 순백색의 테이블과 갖가지 음식들이 사람들을 기다렸다. 바람이 음식을 실어 나르고 꽃들이 향료를 대신했다. 눈은 반짝였고 코는 영감에 사로잡혔으며 혀는 황홀했고 이는 즐거웠다. 매시간이 축제였다. 그러나 같이 가자고 손을 붙잡는 사람도 옆 사람을 따라나서는 사람도 없었다. 딴청을 부리다가 식사 시간을 놓치면 그다음 식사 시간까지 기다려야 했다. 그녀는 종종 때를 놓쳤다. 잔디에 누워 있다가 잠이 들기가 태반이었고 저택을 돌아다니다 길을 잃거나 시간 가는 줄 모르고 정신을 빼앗겨 있기 일쑤였다. 끼니를 거른 날은 음표를 쓰고 있는 것도 음악을 듣는 일도 힘에 부쳤다. 휴식을 취하는 것조차 그녀를 피로하게 만들었다.

그러나 저택은 지치지도 않고 밤마다 불을 밝힌 채 화려한 자태를 뽐냈다. 저택의 중앙에는 광장처럼 넓은 플로어가 있었는데 한쪽 벽면에 커다란 창이 나 있어 한낮에는 빛으로 이루어진 바다 같은 느낌을 주었다. 창을 가운데 두고 좌측과 우측 벽면에는 그림이 걸려 있었다. 비너스가 천사들에 둘러싸여 하프를 켜거나 물동이를 인 처녀들이 젖가슴을 드러내거나 흰 드레스를 입은 여인이 미소를 짓고 있는 그림들이었다. 그 사이에서 활활 타오르는 횃불 때문에 그림들은 마치 살아 움직이는 것처럼 보였다. 그림 아래에 놓인 마호가니 콘솔에는 크리스털과 황금과 루비 등으로 만든 장식품들이 가득했고 창 맞은편은 붉은빛이 감도는 대리석 계단이 휘감고 있었다.

사람들은 밤마다 저택에 걸맞게 아름다운 옷을 빼입고 플로어로 모여들었다. 그러고는 자신들이 만들어내는 음악에 맞춰 왈츠와 콘트라댄스를 추었다. 음악 사이로 구두 굽과 대리석 바닥이 맞부딪쳐 내는 소리나 비단 치마가 휘감겨 내는 소리가 들려오기도 했다. 사람들이 한곳으로 몰려들 때는 음악도 박자를 잃었다. 미친 말이 되어 플로어를 뛰어다녔고 해일이 되어 플로어를 뒤덮었다. 음악이 박자를 잃으면 사람들은 얼떨떨한 표정으로 얼어붙었다. 한쪽 발이 다른 쪽 발을 낚아채 엎어지는 일도 예사였다. 웃음을 참기 힘든 상황에서 그녀는 결국 웃음을 참지 못했고 조심성 없이 사람들의 어깨를 치며 말을 걸었다. 얼어붙었던 시선들이 일제히 그녀를 향했다. 그녀는 그 시선들에서 당혹감과 불안과 경계의 기미를 읽었다. 그녀가 어깨를 쳤던 사람들의 눈은 전염병에 노출된 것처럼 두려움으로 가득했다. 그녀는 웃음을 참기 위해 숨을 멈췄다. 그러나 사람들은 이미 그녀를 피해 플로어를 빠져나가는 중이었다. 음악 소리도 점점 멀어졌다. 기둥 뒤에 숨어 그녀를 훔쳐보던 아이조차 그녀와 눈이 마주치자 잽싸게 달아났다. 그녀 곁에는 아무도 남지 않았다. 그녀는 텅 빈 플로어에 우두커니 서서 주위를 돌아보았다. 어둠의 밀도가 더욱 촘촘해지고 횃불은 애벌레처럼 간신히 기어 다녔다. 그녀는 불현듯 자신의 영혼이 호흡을 멈춘 것만 같은 느낌에 사로잡혔다.

그녀의 내부는 여러 개의 층으로 나누어진 미지 같았다. 바람이 불 때마다 자신의 존재를 단호하게 드러내는 들창처럼 흔들렸고 상처 입은 짐승이 되어 외부의 자극에 민감하게 반응했고 단단히 무장한 채 호전적으로 덤벼들다가 강렬한 그리움에 이끌리기도 했다. 그러나 저 깊숙한 곳은 완벽한 휴지기처럼 고요했다. 그 모든 것들이 16분음표를 쓰고 나타났다. 음표들의 소용돌이. 음표들의 언어. 표출되거나 잠복해 있는 의미들. 그러나 의미는 또 다른 의미들 속에 숨어 있고는 해서, 게다가 의미를 캐내려 할 때마다 더 깊이 더 확고하게 자신의 모습을 감추고는 해서, 의미를 드러내지 않는 의미들 때문에, 그녀의 머릿속은 온통 뒤죽박죽이었다. 음악으로는 캐낼 수 없는 의미들이 그녀의 내부를 다층적으로 채워갔다.

사람들은 여전히 음표를 쓰고 이리저리 흘러 다녔다. 그들이 그녀의 곁을 스칠 때마다 그녀의 16분음표도 팔랑거렸다. 음악이 분수처럼 흩어졌다. 그러나 아무도 그녀에게 말을 걸거나 관심을 보이지 않았다. 그들이 만들어내는 음악과는 별개로 그들은 모두 개별적으로 존재했다. 서로 이어지거나 흡수되지 않았다. 그들은 더도 덜도 아니고 딱 오선지 위의 음표로만 존재할 뿐이었다. 저마다 자기의 소리를 갖고 있었으나 오선지 밖에서는 존재하지 않았다. 그들은 말에 대해 말의 울림에 대해 말의 스며듦에 대해 알지 못했고 알려고도 하지 않았다. 그녀가 입을 열 때마다 그들은 황급히 멀어졌다.

무슨 문제라도 있소?

사내가 다가와 말했다. 그녀는 고개를 숙여 가슴께를 내려다보았다. 빈약한 가슴이 숨을 쉴 때마다 규칙적으로 오르내렸다. 그녀가 숨을 몰아쉬고 대답했다.

난 그저 말하고 싶었을 뿐이에요.

말이란 무용하오. 우리는 이곳 생활에 만족하고 또 충분히 행복하오. 당신도 곧 익숙해질 거요.

사내는 한참 동안 그녀를 바라보다가 몸을 돌려 그녀에게서 멀어져갔다.

깊은 숲에 갇힌 기분이야. 축축해. 캄캄해.

그녀는 혼자 말하는 것에 익숙해졌다. 귀를 기울이거나 호기심을 갖는 사람 없이, 자신에게 묻고 자신이 답하면서 잠에 빠져들거나 자신의 목소리뿐인 어둠을 두려워하며 울다가 잠들었다. 밤마다 공중을 잃은 새처럼 절망스러웠다. 그러나 아침이면 또다시 희망이 생겨났다. 환한 이를 드러내는 웃음과 마주치거나 그녀에게서 정지하는 응시와 만나거나 파릇파릇하게 떨리는 살아 있는 목소리와 부딪치게 될 거라는 기대로 날이 밝았다.

창을 열었다. 바람이 창턱을 타고 넘어왔다. 숨을 들이켰다. 온몸이 부르르 떨렸다. 저택도 고요하게 몸을 떨었다. 그녀는 문득 자신이 거처하는 곳 외에는 가본 곳이 드물다는 사실을 깨달았다. 그녀는 음표를 쓰려다 말고 탁자 위에 가만히 올려놓았다. 음표를 쓰지 않고 방을 나서는 것이 두려웠으나 음표를 쓰지 않은 머리는 그 어느 때보다 가벼웠다. 이제 음악을 만들어낼 수는 없겠지만 그 어느 때보다 더 음악에 가까워진 기분이었다. 창밖을 내다보았다. 아침 햇살이 창턱까지 닿은 나뭇가지를 기어오르는 중이었다. 그녀는 햇살을 거슬러 나뭇가지를 타고 내려갔다. 맨발이 풀에 닿았다. 이슬의 촉촉한 기운이 발바닥으로부터 온몸으로 번졌다. 나무의 물관을 타고 오르는 물방울처럼 차갑고 따뜻한 기운이 그녀의 몸을 타고 올랐다. 눈을 감았다. 한 번도 느껴보지 못한 몸의 어떤 부분이 또렷하게 감지되었다. 얼굴이 붉어졌다.

그녀는 사람들을 피해 사람들이 다니지 않는 길을 향해 걸었다. 한참을 걷자 낡은 건물과 만나게 되었는데 온몸이 녹아내리면서 죽어가는, 죽은 건물 중앙으로 잡초로 뒤덮인 낭하가 끝없이 이어져 있는 곳이었다. 발을 내디뎠다. 쇤 풀과 돌멩이가 발바닥을 찔렀다. 숨을 몰아쉬었다. 아프다. 아프다. 그러나 고통이 사라지는 것을 원하지는 않았다. 고통은 이 순간을 영원히 기억하게 해줄 것이었다. 그녀는 알 수 없는 기운에 이끌려 또다시 발을 내디뎠다.

그를 발견한 것은 몇 개의 커다란 기둥이 그곳에 있었을 저택의 크기를 가늠하게 해주는, 그러나 잡목과 덤불이 과거의 위용을 이미 반쯤은 덮어버린 곳에서였다. 그는 팔과 다리를 활짝 편 채로 누워 있었는데 그가 누운 곳만 유독 움푹 파여 움막 같은 느낌을 자아냈다. 그녀는 그의 엉덩이께에 놓여 있는 4분음표를 바라보다가 발을 뗐다. 발소리에 놀란 그가 순식간에 일어나 기둥 뒤로 몸을 숨겼다. 그녀는 다급하게 외쳤다.

가지 마!

잠잠했다. 그녀는 그가 떨어뜨린 4분음표를 집어 들었다.

이거, 네 거 아니니?

그가 머리를 내밀었다.

아무에게도 말 안 할 거지?

뭘?

내가 그걸.

난 아예 방에 두고 왔는걸.

그제야 그가 기둥 옆으로 모습을 드러냈다. 푸른 해수면 같은 눈동자와 태양의 뿌리처럼 굽이쳐 흘러내리는 머리카락과 투명한 피부, 남달리 긴 콧날을 지닌 사람이었다. 낮게 그리고 맑게 울려 퍼지는 목소리가 그녀를 에워쌌다. 사내를 제외하고 사람의 목소리를 들은 것은 처음이었다. 그녀는 가슴이 뛰는 것을 느꼈다. 가슴 안에서 짓궂고 철없는 망아지들이 뛰어다녔다. 얼굴이 붉어졌고 몸의 어떤 부분이 또다시 뜨거워졌다. 그녀는 황급히 발을 돌렸다.

아무에게도 말 안 할 거지?

달아나는 그녀의 등 뒤에서 그가 외쳤다.

4분음표만 보면 가슴이 뛰고 얼굴이 붉어졌다. 온통 4분음표만 눈에 들어왔다. 귀도 마찬가지였다. 어떤 음악이 흘러도 4분음표의 호흡을 느끼려 애썼고 나중에는 그 부분만 정확하게 식별해낼 수 있게 되었다. 감각이 예민하게 살아났고 몸은 갈수록 맹렬하게 부풀어 올랐다. 그를 찾아 저택의 곳곳을 헤맸다. 그리고 그를 발견하면 재빨리 도망쳤다. 아침마다 나무를 타고 내리고, 핏물이 맺힌 채 낭하를 걸었다. 그러나 그날 이후로 좀체 그곳에서 그를 만나는 일은 일어나지 않았다. 그가 보이지 않으면 긴장과 근심이 한순간에 달아났으나 입에서는 한숨이 흘러나왔다.

그녀가 찾는 것을 멈추었을 때 그가 나타났다. 햇빛이 정수리를 뜨겁게 달구던 날이었다. 그는 쓰고 있던 4분음표를 벗어 손에 쥐고 천천히 다가왔다. 얕고 조심스러운 발소리와 함께. 그녀는 그가 누웠던 자리에 누워 그가 다가올 때까지 잠자코 기다렸다.

거긴 내 자리야.

여긴 네 자리야.

여긴 아무도 몰라.

나는 알아.

내가 음표를 벗었다는 걸 아무에게도 얘기 안 할 거니?

전에도 말 안 했어.

내가 말했다는 걸 아무에게도 얘기 안 할 거니?

네가 원한다면.

비밀을 알게 돼도 아무에게도 얘기 안 할 거니?

비밀은 말 안 해.

그가 조심스럽게 다가왔다. 그녀는 숨죽인 채로 그의 그림자가 그녀를 모두 뒤덮을 때까지 기다렸다. 그가 자신의 자리를 되찾을 때까지. 그녀처럼 누워 두 손을 가슴에 포갤 때까지. 그러고도 한참 동안이나 그녀는 숨을 되찾지 못했다. 잠자코 하늘을 바라보던 그가 이윽고 입을 열었다.

해가 지는 곳을 향해 걸어가면.

걸어가면?

하나의 해가 지고 두 개의 해가 질 때까지 걸어가면.

걸어가면?

절벽 끝까지 걸어가면.

걸어가면?

비밀을 알게 될 거야.

비밀이 뭔데?

그게 비밀이야.

그녀는 비밀을 품었고 그들은 매일 만났다. 낮이 밤으로부터 오는 것처럼 그들은 서로에게서 완벽한 몸을 얻었다. 몸이 정신을 벗고 우주 너머로 솟구치는 것 같았다. 그녀는 지문이 닳아 없어질 때까지 그를 만지고 싶었다. 음표 따위는 아무래도 좋았다.

세 개의 보름달이 뜨고 사라진 후 그는 한 번도 말을 해본 적이 없는 사람처럼 입을 닫았다. 그는 아침이 오기도 전에 자신의 거처로 돌아갔고 그가 사라진 곳에서는 늘 귀를 찢을 듯한 음악이 몰려왔다. 그녀는 처음으로 외로웠다. 깊이를 알 수 없는 외로움이 그녀를 가득 채웠다.

우울해 보이는군.

사내는 언제나 예기치 않게 나타났다.

무슨 문제라도 있소?

그녀는 손가락을 꼼지락거렸다.

말이 공허를 메워주지는 못하오. 할수록 빈 곳만 커지지. 당신도 곧 익숙해질 거요.

저택은 나름의 질서를 지닌 채 완벽하게 움직였고 불안이나 우연이나 불협화음 같은 것은 허용하지 않았다. 살아가는 이유가 단지 아무 일도 일어나지 않도록 하는 데 있는 것 같았다. 사람들은 생각을 거세하고 음악을 만드는 데 최선을 다했다.

이곳은 낙원이오. 아무도 불만을 갖지 않소. 말을 하지 않아도 우리에게 필요한 것들을 제때 공급받지. 그리고 우리에

겐 음악이 있소. 당신도 곧 익숙해질 거요.

사내가 말했다.

언제, 무엇에요?

곧, 무엇에든.

난 음표를 쓰고 싶지 않아요.

그것은 선택의 문제가 아니오.

사내는 눈살을 찌푸리며 무리 속으로 걸어 들어갔다. 해맑고 평화로운 표정의 음표들 속으로 걸어 들어갔다.

그녀는 방에 틀어박혔다. 아무런 일도 일어나지 않았다. 간혹 사내가 음식을 들고 찾아왔다. 아무런 일도 일어나지 않았다. 보름달이 뜨고 졌다. 아무런 일도 일어나지 않았다. 그녀는 입을 열지 않았다. 수백 개의 화살을 몸으로 받아내는 것 같았다.

세 개의 보름달이 뜨고 진 후 그녀는 기억을 떠올렸다. 비밀. 한 번 떠오른 비밀은 신념처럼 그녀를 집으로 삼아 떠나지 않았다. 말은 안 되지만 찾는 것은 괜찮을 거야. 그녀는 팔꿈치로 바닥을 짚고 몸을 일으켜 해가 지는 곳을 향해 걸었다. 처음 걷는 것처럼 어색하고 불편했으나 걷는 것을 멈추지 않았다. 그녀는 온몸이 땀으로 흠뻑 젖을 때까지 걸었다. 도리 없이 숨이 차오를 때까지 걸었다. 하나의 해가 지고 두 개의 해가 질 때까지 걸었다. 그리고 드디어 까마득하게 치솟은 절벽 앞에서 걸음을 멈추었다. 보이는 것이라고는 절벽과 날카로운 돌무더기와 여기저기가 뜯겨 나간 짐승의 살점과 뼛조각과 바짝 마른 피웅덩이뿐이었다. 그녀는 조심조심 절벽 끝으로 발을 옮겼다. 그러고는 또 조심조심 아래를 내려다보았다. 작은 집들이, 모두 울타리를 갖고 있는 집들이 다닥다닥 붙어 있는 게 눈에 띄었다. 울타리는 아주 어린 아이들조차 쉽게 뛰어넘을 수 있을 정도로 낮아서 저마다 집의 경계 역할을 하는 것으로 만족하는 듯 보였다. 그리고 고요했다. 바람 소리도 물소리도 음악 소리도 없었다. 소리가 없는 마을은 무중력의 우주를 떠올리게 만들었다. 그녀는 길을 찾기 위해 주위를 둘러보았다. 나무판자와 굵은 밧줄로 엮은 줄사다리가 절벽 끄트머리에 걸쳐 있는 것이 눈에 띄었다. 심호흡을 한 뒤 줄사다리를 절벽 밑으로 늘어뜨리고는 그 위에 발을 올려놓았다. 줄사다리가 출렁거리기 시작했다. 호흡을 멈추고 움직임이 멎을 때를 기다렸다. 그녀는 땀으로 흥건해진 손으로 밧줄을 꼭 잡은 채 위태로운 한 발을 내디뎠다.

마을로 들어선 그녀를 맞이한 것은 역한 냄새와 악다구니였다. 부패한 음식 냄새, 곰팡이 냄새, 시궁창 냄새. 거리 곳곳에 토사물과 썩은 음식과 죽은 들쥐가 나뒹굴었고, 아이들역시 앙상하게 남은 뼈를 해진 옷으로 가린 채 앉거나 누워 있었는데 하나같이 놀라움도 없는 삶을 영원히 살아온 자의 표정을 하고 있었다. 그녀는 아이들을 지나쳐 푸줏간 앞에서 걸음을 멈추었다. 먼지가 날리는 곳에서 그곳 주인으로 보이는 자가 절름발이 사내를 채찍질하는 중이었다. 채찍이 내리꽂히며 살을 찢고 피를 튀겼으나 사내는 피를 흘리면서도 고깃덩이를 놓치지 않으려고 안간힘을 썼다. 그 곁에서 넝마를 뒤집어쓴 노파가 쓰레기 더미를 뒤지며 무엇인가를 입속에 넣고 우물거리다가 뱉는 일을 반복했다. 그녀는 사내와 노파를 지나고 더러운 붕대를 휘감은 문둥이를 지나 또 다른 아이 앞에서 멈추었다. 아이는 잘린 개의 머리를 두 손으로 받쳐 든 채 울고 있었다. 칼부림을 하거나 다른 사람의 주머니를 터는 청년들도 심심치 않게 눈에 띄었다. 끌고 가는 사람과 끌려가는 사람, 다리가 없거나 팔이 없는 사람, 헐벗었거나 굶주린 사람들로 거리는 아수라장이었다. 그녀는 코를 틀어쥔 채 생각에 잠겼다. 돌아갈까. 그러나 이런 곳으로, 황량하고 지독한 곳으로 자신을 이끈 것 속에 비밀이 숨어 있을지도 모른단 생각이 들었다. 그녀는 이글거리는 풍경 속으로 다시 발을 내디뎠다.

그녀가 마을 풍경에 익숙해졌을 무렵, 길 끝에서 걸어오는 젊은 부부를 발견했다. 여자는 품에 안은 아기를 연신 추어올리며 남자보다 몇 발자국 앞서 걸었고 남자는 여자의 뒷

모습에 시선을 고정한 채 두 사람을 뒤따랐다. 부부가 걸친 옷도 아기를 감싼 포대기도 실오라기가 풀린 낡은 것이었으나 비교적 깨끗했다. 그녀는 그들을 쳐다보는 게 예의에 어긋나는 일 같아 다른 방향으로 고개를 돌렸다. 그러나 그들은 그녀의 눈길에 아랑곳하지 않고 걷는 데 열중했다. 그들과의 거리가 가까워졌다. 마침내 그 거리가 한 뼘 정도로 좁혀졌을 때 그녀는 잽싸게 아기를 훔쳐보았다. 아기는 눈물과 땀과 먼지로 얼룩진 몰골을 하고 그악스럽게 울어댔다. 동굴처럼 크게 벌린 입속으로 자신의 삶을 모조리 빨아들이기라도 하려는 것 같았다. 그녀는 그들을 지나쳐 몇 걸음 옮기다 말고 몸을 돌려 그들을 뒤따랐다. 알 수 없는 힘이 그녀를 이끌었다. 자신을 빨아들이기 위해 기를 쓰는 아기의 울음이, 아기의 얼굴이 지워지지 않았다.

젊은 부부는 절벽을 향해 걸었고 마침내 절벽에 닿자 풀숲을 헤치고 길을 찾아냈다. 길이 있으리라고는 상상할 수 없는 곳에, 길이라고 하기에는 지나치게 간소한 길이, 비좁아서 나아가기조차 고역인 길이 거기 있었다. 그들은 재빠르게 움직였다. 그녀는 그들을 따라잡느라 진땀을 흘렸다. 땀이 이마와 목과 등줄기와 엉덩이를 타고 내렸다. 한 발자국 뗄 때마다 젊은 부부의 등은 덤불처럼 어두워졌다. 검은 힘이 그들을 빨아들이는 것만 같았다. 감지되지 않는 어떤 역병이 그들을 집어삼키는 것만 같았다. 그들은 검은 숲으로, 즐비한 어둠 속으로 나아갔다. 그리고 끝내 절벽 위에 당도했다.

절벽 위에 다다른 남자가 손가락을 펴 한 지점을 가리켰다. 해가 뜨는 쪽이었다. 음계로 이루어진 도시. 음표들의 성. 개인 소유의 땅. 사유지. 살아 숨 쉬는 저택이 있는 곳. 여자가 포대기를 단단히 여미며 남자가 가리킨 곳을 바라보다가 말했다.

이번에는.

남자가 숨을 골랐다.

그래, 이번에는.

남자가 여전히 해가 뜨는 쪽을 바라보며 대꾸했다. 그리고 마침내 그 둘은 해가 뜨는 쪽을 향해 발을 뗐다.

그녀는 그들의 뒤를 따르려다 말고 가만히 서서 그들이 멀어지는 모습을 지켜보았다. 그들의 걸음걸이는 바빴지만 바쁜 만큼 침착했는데 멈출 생각은 없는 것 같았다. 그들은 멀어졌다. 그녀는 그들이 음표를 쓴다면 어떤 소리를 만들어낼까 궁금했다. 그녀는 커다란 나무 밑동에 기대어 앉아 한숨을 내쉬고는 손부채를 부쳐 얼굴을 식혔다. 달아올랐던 얼굴이 진정되는 것 같았다. 눈을 감고 상상할 수 있는 모든 것들을 상상했다. 상상할 수 있는 모든 것들을 상상하고 난 후에는 모든 것들을 한순간에 잊었다.

그녀가 자신마저 잊고 마침내 아무것도 아니게 되었을 때 멀리서 말발굽 소리가 들려왔다. 다급한 작은 발소리도 들려왔다. 그녀는 눈을 떴다. 다급한 작은 발소리는 젊은 부부의 것이었다. 젊은 부부는 온 힘을 다해 절벽 끝을 향해 뛰었다. 머리에 음자리표를 단 사내가 검은 말을 타고 그들을 바싹 뒤쫓았다. 음자리표를 단 사내와 여자와의 거리가 충분히 좁혀졌을 때 음자리표를 단 사내가 여자 쪽으로 몸을 기울이며 긴 칼을 휘둘렀다. 어찌해볼 도리도 없이 여자의 목이 잘려 나갔다. 잘린 목이 하늘로 떠오르는 것을 보며 남자는 짧은 괴성을 내지르고는 방향을 바꿔 질주했다. 그러나 남자의 목도 어찌해볼 도리가 없었다. 음자리표를 단 사내가 할 일을 다 마쳤다는 듯 느긋하게 말에서 내려섰다. 그녀보다 머리 두 개 정도는 더 클 것 같았다. 어깨가 다부지고 정강이도 억세 보였다. 음자리표를 단 사내가 남자에게 다가갔다. 그러고는 한쪽 무릎을 굽히고 앉아 남자와 여자, 여자의 등에서 버둥거리고 있는 아기를 번갈아 바라보았다. 아기가 버둥거릴 때마다 목이 잘려 나간 여자의 몸이 툭, 투욱, 움직였다. 아기의 몸도 어찌해볼 도리가 없을 것 같았다.

모든 일은 순식간에 일어났다. 그녀는 온몸에 전율을 느꼈다. 무자비한 한기가 그녀를 덮쳤다. 그녀는 온몸을 떨며 숲에 몸을 숨겼다. 나뭇가지가 머리카락과 옷자락을 잡아채고 살을 깊게 파 들어왔으나 그녀는 아무것도 느낄 수 없었다. 가장 끔찍한 공포와 마주친 후에는 아픔과 고통을 잃어버리는 일이 한결 수월해지는 것 같았다. 땅거미가 지기 시작했을 때에야 그녀는 정신을 차렸다. 그리고 곧 해가 뜨는 곳으로도, 절벽 아래로도, 어디로도 가지 못할 것을 깨달았다.

울퉁불퉁한 고통

트렁크는 언제든 떠날 준비가 되어 있었다. 마음만 먹으면, 굳이 마음을 먹지 않더라도 언제고 이곳을 떠날 수 있었다. 떠나는 이유도 필요 없었고 떠난다는 사실이 중요한 것도 아니었다. 그냥, 그저, 떠나면 되었다. 처음 트렁크는 침대 밑에 누워 있었다. 그러다 들어가고 나오는 게 여간 불편한 게 아니란 사실을 깨달았다. 가끔은 먼지도 뒤집어써야 했고 침대의 삐걱거리는 소음을 참아야 하기도 했다. 트렁크는 문 옆으로 자리를 옮겼다. 그것도 만만한 일은 아니었다. 문을 여닫을 때마다 걸리적거렸고 가끔 문에 부딪혀 상처를 입기도 했다. 거실 한복판에 자리를 잡은 적도 있었다. 하지만 그곳만큼 재미없는 곳은 없었다. 손님이 올 때를 제외하고는 늘 텅 비어 있었기 때문이다. 문제는 손님이란 게 1년에 한 번 올까 말까 하다는 것이었다. 그 후 트렁크는 현관 앞으로 자리를 옮겼다. 겨울의 냉기를 견뎌야 하는 어려움이 있었으나 언제든 떠날 준비가 되어 있는 트렁크로서는 언제든 떠날 수 있어 더없이 기뻤다.

트렁크 안에는 수건 두 장과 속옷 두 장, 잠옷 한 벌과 여벌의 옷 한 벌, 치약과 칫솔과 샴푸, 스킨과 로션, 선크림과 클렌징크림, 클렌징숍과 버블바, 보디클렌저와 보디크림, 빗과 드라이어, 손톱깎이와 손톱줄과 네일리무버와 매니큐어, 그리고 사각의 트레이가 들어 있었다. 어쩌다 책이나 노트가 들어가는 경우도 있었으나 그 어쩌다란 것은 그야말로 어쩌다 일어나는 일이었다. 이 모든 것들을 담은 채 트렁크는 언제든 떠날 준비를 하고 있었으나 언제든이 언제 일어날 것인지에 대해서는 생각하지 않았다. 기대와 설렘 때문에 속수무책인 밤을 가질 필요도 없었다.

이제 하룻밤만 더 자면 여자는 트렁크를 들고 집을 떠날 것이다. 이것은 일주일마다 반복되는 일이다. 트렁크에게 기대와 설렘이 없는 것은 이 때문이다. 일상적이지 않은 일을 일상적으로 반복하는 일, 그것이 규칙성을 띠면서 일상적이지 않은 일이 일상이 되어버리는 일. 일상에서 어떤 기대와 설렘을 갖는 것은 거의 불가능하니까. 먹고 입는 일에서 생기는 사소한 변화가 소소한 기대와 설렘으로 이어질 수는 있겠지. 그러나 여자가 트렁크를 들고 집을 떠나는 일에서는 그 어떤 변화도 찾을 수 없었다. 여자가 가는 장소는 늘 동일하고 그 장소에 가기 위해 이용하는 차편도 동일하다. 심지어 그 장소에서 여자가 하는 일도 매번 동일하다. 동일함 때문에 트렁크가 지루함을 느꼈는지는 알 수 없으나 늘 떠날 채비를 하고 있었던 걸로 봐서는 그 동일함이 크게 문제가 된 것 같지는 않았다. 어쩌면 그 동일함이 트렁크를 떠나도록 만드는지도 몰랐다. 여자가 가는 장소는 늘 동일하고, 그 장소에 가기 위해 이용하는 차편도 동일하고, 심지어 그 장소에서 여자가 하는 일도 매번 동일하지만 트렁크는 그 동일함 속에서 미세한 변화를 찾곤 했다. 그것은 틀린 그림을 찾아낸 때처럼 통쾌한 기분이 들게 했다.

여자가 집을 나선다. 트렁크는 여자의 오른손에 얌전하게 들려 있다. 여자는 마흔일곱 걸음 만에 발을 멈추고 다세대주택의 유리문을 들여다본다. 유리문에는 흰색 면 티셔츠와 검은색 니트 카디건과 청바지와 검은색 단화 차림의 여자가 들어 있다. 왼쪽 소매는 걷어 올린 상태인데 소매 밑으로 가느다란 팔목이 내려와 있고 커다란 시계가 그 팔목을 감싸고 있다. 시계는 이미 오래전에 멈추었다. 여자가 그 사실을 안 것 역시 오래되었으나 건전지를 바꾸는 일은 하지 않았다. 시계방에 가는 일이 번거로웠을뿐더러 시계를 보고 시간을 확인하는 것도 이미 오래전 일이었다. 그렇다고 다른 무언가를 통해 시간을 확인하는 것도 아니었다. 시간이 무용해진 뒤로 여자에게 정확한 시간은 필요 없게 되었다. 여자에게는 이미 멎은 시계가 넷, 아직 가고 있는 시계가 둘 있다. 여자가 유독 좋아하거나 아끼는 시계들은 모두 이미 멎은 것들에 있다. 여자가 손목을 비틀어 유리문에 비친 시계를 들여다본다. 조금 더 옆으로 비틀고, 그보다 조금쯤 더 비틀면서, 손목 아니면 시계를 여러 방향에서 꼼꼼히 살펴보고는 그 아래로 쭉 뻗어 있는 손가락을 접어 주먹을 만든다.

여자는 얼마 전 손가락이 없는 채로, 그것은 쥔 주먹 같기도 했고 주먹을 쥐어 만든 주먹밥 같기도 했고 야구방망이의 끄트머리 같기도 했고 털을 박박 민 개의 뒤통수 같기도 했는데, 그림 그리는 사람을 본 적이 있다. 그는 손가락이 달리지 않은 양 주먹 사이에 붓을 낀 채로 그림을 그렸다. 그가 그리는 게 풍경화인지 초상화인지 추상화인지는 확인할 수 없었고 그를 둘러싼 사람들 역시 확인하지 못한 것 같았다. 확인하지 못했다기보다는 확인할 마음이 없어 보였다. 그를 둘러싼 사람들은 그가 그리는 그림이 아니라 그림 그리는 행위에 관심을 보였다. 모든 시선이 그의 양 주먹에 고정돼 있었다. 그는 양 주먹 사이에 붓을 낀 채로 붓이 오른쪽으로 향할 때는 고개를 왼쪽 어깨에 깊게 붙이고, 붓이 왼쪽으로 향할 때는 고개를 오른쪽 어깨에 깊게 붙이면서, 양 주먹을 눈에 띄게 떨면서, 혹여 붓을 놓치거나 방향을 잘못 잡아 그림을 망치는 일이 일어나지 않도록 주의를 기울이면서 붓을 놀렸다. 여자는 미간을 찌푸렸다. 이상한 감정이, 이상한 기운이, 한꺼번에 몰아쳐서 몸 전체가 긴장됐다. 여자는 이상한 기운에 사로잡혀 그가 붓을 놓치는 순간을 기다렸다. 만약 그가 붓을 놓친다면, 떨어뜨려 그림을 망친다면, 몸을 짓누르는 긴장을 떨쳐낼 수 있을 것 같았다. 차는 숨을 그제야 놓을 수 있을 것 같기도 했고 어쩌면 기분이 좋을 것도 같았다. 하지만 그런 일은 일어나지 않았고 쥔 주먹 같기도 주먹을 쥐어 만든 주먹밥 같기도 야구방망이의 끄트머리 같기도 털을 박박 민 개의 뒤통수 같기도 한 주먹은 끝까지 단단하게 붓을 붙들고 있었다. 여자가 손가락을 펴고, 유리문에서 시선을 거두고, 유리문에 비친 자신을 놓아두고, 다시 걸음을 옮긴다. 트렁크는 여자의 다섯 손가락 안에 얌전하게 붙들려 있다.

마을버스가 막 사천교를 지나려 하고 있다. 여자는 고개를 오른쪽으로 돌려 가좌역을 살핀다. 용산선이 지날 때는 사람들로 북적였던 곳이지만 지금은 만물상과 직업소개소와 재활용 센터와 콜라텍 등 허름한 간판을 단 상점들이 메우고 있다. 황궁 메들리 콜라텍, 흰색과 붉은색과 노란색이 부조화를 이루고 있는 간판 아래 검은 통로로 노파가 걸어 들어간다. 여자에게는 노인들이 콜라텍에서 친구를 사귀고 성적 파트너를 만들고 사기를 치고 사기를 당한다는 말을 어디선가 들은 기억이 있다. 인간을 부식하게 만드는 것은 외로움인지도 몰랐다. 모태에서 분리되는 그 순간부터 자신을 덮치는 외로움을 못내 견디다가, 견디지 못하다가, 어떤 사람은 하루 종일 울고 어떤 사람은 하루 종일 연애를 하고 어떤 사람은 쇼핑을 하고 어떤 사람은 남을 속이고 또 어떤 사람은 기꺼이 남에게 속는다. 그 사이 세포들은 서서히 쪼그라들고 나는 점차 사라진다. 자신이 어떤 식으로든 존재하고 있었고 자신이 존재했다는 사실만큼이나 자명하게 자신의 곁을 채우던 누군가도 존재했을 것인데 사람들은 더 이상 아무것도 느끼지 못한다. 어쩌면 자신이나 곁의 존재가 점차 희미해지는 건 나란 존재의 무게를 누군가 더 이상 느끼지 못하는 탓일지도 모른다. 그리하여 어떤 사람은 그대로 땅이 꺼지고 그 땅에 누인 몸 위로 잡풀이 무성해지는 일이 생겼으면 바라고, 어떤 사람은 돌풍이 불어와 자신을 이상한 나라로 보내버렸으면 바라고, 또 어떤 사람은 자신은 시시때때로 지워지는 인간이라 이곳만 아니라면 어디에든 존재할 수 있을 거라 믿으면서 이곳의 존재가 소멸하기를 바라는 게 아닐까고, 여자는 검은 통로가 노파를 완전히 삼킬 때까지, 이런 모든 것들과 그리고 외로움을 생각하다가 황궁 메들리 콜라텍에서 시선을 거두고 트렁크를 고쳐 잡는다.

마을버스는 경성중고 후문을 지나 청기와 예식장을 거쳐 청기와 주유소 사거리를 향해 달려간다. 청기와 주유소는 50년 만에 자취를 감추었다. 그러나 정류장 이름은 여전히 청기와 주유소 사거리고 택시 기사들도 청기와 주유소 사거리란 지명에 더 익숙하다. 청기와 주유소가 없는 청기와 주유소 사거리는 밋밋하고 맨숭맨숭하지만 누구도 개의하지 않는다. 여자가 청기와 주유소 사거리에서 내린다. 그곳에서 왼편으로 고개를 돌리면 청기와 주유소와 길 건너의 리치몬드 제과점이 보였다.

여자는 리치몬드 제과점에 붙어 있던 수많은 포스트잇을 본 적이 있다. 노랗고 빨갛고 파란 쪽지들이 유리창을 붙들고 아슬아슬하게 매달려 있었다. 제과점 자리에 대기업에서 운영하는 커피집이 들어선다는 소문이 있고부터였다. 쪽지들은 대기업을 규탄하는 내용 외에도 빵에 얽힌 추억과 사랑과 이별과 슬픔과, 리치몬드 제과점과 상관있거나 상관없는 내용들로 빼곡했다. 그것은 매우 그로테스크해 보였다. 30여년간 한자리를 지켜왔던 제과점의 철수가 하나의 축제로, 누가 먼저랄 것 없이 지방을 쓰고 애도를 표하는 방식으로 이어졌던 것이다. 여자는 난데없는 어수선에 당황하며 초코슈를 집어 들었다. 여자는 리치몬드 제과점의 초코슈를 좋아했다. 늘 슈크림을 사 오는 엄마로 말할 것 같으면, 좋아한 것은 아니지만 잘 참아냈다. 슈크림이 아니라 초코슈란 당부를 더 이상 하지 않게 된 것처럼, 그리고 커스터드 크림을 초코크림이라 상상하면 먹을 만했던 것처럼, 여자는 늘 슈크림을 사 오는 엄마도 잘 참아냈다. 엄마는 늘 슈크림을 사 왔고 슈크림을 사 오는 일이 엄마가 하는 일의 전부였다. 이제는 청기와 주유소와 리치몬드 제과점 모두 보이지 않는다. 여자도 이제 그쪽으로는 고개를 돌리지 않는다. 신호등이 켜지고, 여자가 트렁크를 끌며 길을 건넌다. 트렁크는 여자의 오른손에 단단하게 붙들려 있다.

트렁크는 털털거리며 여자를 따라간다. 바퀴를 굴릴 때마다 뼈마디가 튕겨 나갈 것만 같다. 바퀴가 닳기 시작한 게 언제였더라. 기억도 희미하다. 고무가 얇아지고 쇠가 다 드러나도 여자는 아랑곳하지 않는다. 아랑곳하지 않는 것인지 눈치를 못 채는 것인지 알 수 없지만 여자에게 바퀴를 갈아줄 생각이 없는 것만은 확실하다. 닳아빠진 바퀴로 구르는 게 얼마나 고역인지 여자는 모르는 것 같다. 연골이 닳아 뼈끼리 맞부딪히는 나이가 오면 알 턱이 생기려나. 하지만 여자가 그 나이로 가기까지는 아직 많은 시간이 남았고 그러니 닳아빠진 바퀴로 구르는 게 얼마나 고역인지 당분간 여자가 알 일은 없을 것이다. 이것이 트렁크에게는 다행으로 여겨졌다. 바퀴를 바꾸는 게 아니라 트렁크를 바꾸는 일이 생길지도 모르니까. 그러나 여자가 자신의 엄마인지 할머니가 쓰던 필통을 여전히 갖고 다니는 걸 보면 그런 일이 쉽사리, 그것도 가까운 시일 내에 일어날 것 같지는 않았다. 여자는 자신의 엄마인지 할머니가 쓰던 필통을 깁고 꿰매고 지퍼를 갈아 끼우며 여전히 지니고 있다. 색색의 헝겊이 필통을 뒤덮어 원래 색이 무엇이었는지조차 알 수 없게 되어버린 필통. 그뿐이 아니다. 여자는 자신의 엄마인지 할머니가 입던 스웨터의 보풀을 떼가며 풀린 올을 이어가며 여전히 입고, 벌어진 밑창에 고무풀을 붙여가며 헤진 운동화를 신는다. 트렁크는 내심 안도하지만 걱정을 완전히 떨쳐낼 수는 없다. 당분간은 닳아빠진 바퀴로 구르는 수밖에 없다. 트렁크가 털털거리며 툴툴거리며 여자를 따라간다.

여자가 막 수제 햄버거집을 지났다. 잠시 후면 북카페를 지날 것이고 커브를 돌아 튀김집과 허름한 출판사를 지날 것이다. 여자가 북카페 앞에 멈춰 선다. 북카페에는 사다리를 타고 올라야 할 정도로 높은 책장이 양쪽 벽면을 채우고 있었는데 종종 진열된 책을 반값에 팔기도 했다. 여자가 그것을 알게 된 것은 엄마를 통해서다. 엄마는 한 달에 두어 번 꼴로 버스를 타고 나갔다가 무언가를 한 보따리씩 사 들고 왔다. 각종 피규어거나 인형, 조잡한 그림 액자거나 스카프, 말린 꽃차거나 티스푼 같은 것들이었다. 집에 오자마자 그것들 대부분이 거실 한복판에 방치됐다. 여자 역시 한 달에 두어 번 꼴로 거실에 방치된 보따리를 창고에 욱여넣어야 했다. 문을 닫을 수 없을 정도로 가득 차면, 그런 날이 오면, 저것들을 내다 팔아야지 생각하면서. 책의 경우엔 조금 달랐다. 반값에 팔아도 사는 애들이 없더라. 엄마는 책이 잔뜩 들어 있는 비닐백을 거실에 놓아둔 채 방으로 들어갔다. 역시 그것으로 그만이었는데 여자는 비닐백을 창고에 던지는 대신 자신의 방에 보관했고 한 권씩 꺼내 읽다가 읽기를 마치면 방벽을 지지대 삼아 쌓아 올렸다. 그렇게 허리께까지 오는 책 뭉치가 사방 벽에 빙 둘러 세워졌다. 보르헤르트 밑에 코진스키가, 그 밑에 페터 회와 드니 디드로가, 페렉이, 욘존이, 블랑쇼와 크리스테바가 깔리는 식이었다. 엄마가 사 온 책들은 대체로 여자의 마음에 들었고 어느 순간부터 여자는 자신의 취향에 맞춰 엄마가 책을 사 오는 것이라고 생각하게 되었다. 초코슈가 아니라 슈크림을 사 오는 엄마도 조금 더 잘 참아졌다. 여자는 여전히 북카페 앞에 서 있다. 벽면을 가득 채운, 사다리를 타고 올라야 할 정도로 높은 책장이 여자를 붙잡고 있다. 여자는 사다리를 오르고 싶었지만, 사다리를 올라가 숨은 책들을 하나하나 만져보고 싶었지만, 그것은 제법 사람들의 눈길을 끌 만한 행동이었고 여자에게는 그런 관심이나 호기심을 받아낼 만한 깜냥이 없었다. 여자는 조금 더, 사다리와, 사다리를 타고 올라야 할 정도로 높은 책장을 바라보다가 카페 앞에서 발을 뗀다.

여자가 튀김집을 지난다. 튀김집 주인은 초로의 남자로 늘 반백의 머리를 흰 수건으로 동여매고 흰 앞치마를 두른 채로 느릿느릿 움직였다. 말수도 적은 편이었는데 말수만큼이나 손님도 적어서 가게는 고전을 면치 못했다. 그럼에도 남자는 튀김 만드는 일을 쉬지 않았고 문을 닫을 즈음에는 팔리지 않은 튀김이 산더미처럼 쌓였다. 하루 중 가장 붐비는 시간이 그때였다. 노숙자들이 몰려들었다가 튀김 봉투를 받아 들고 사라지는 시간이었던 것이다. 덕분에 튀김집은 남다른 청결을 유지할 수 있었다. 노숙자들은 튀김집 앞을 쓸거나 간판을 닦거나 쌓인 눈을 치웠고 취객들이 무사히 귀가하도록 점잖게 타이르거나 협박했다. 남자가 끓는 기름에 새우를 넣는다. 갓 입힌 튀김옷 주변으로 금세 기포가 몰려든다. 부글거리는 기포를 보며 여자는 엄마의 머리카락을 떠올린다.

엄마는 외로울 때마다 여자에게 머리를 감겨달라고 했다. 그러고는 욕조에 머리를 기대고 앉아 눈을 감았다. 알몸으로 앉아서, 부끄러운 기색이라고는 터럭만큼도 없이 그런 사람이 자신의 엄마라는 게 믿기지 않았지만 여자는 한 번도 엄마를 엄마가 아닌 다른 이름으로 부른 적이 없었다. 엄마는 엄마로 태어나 엄마의 사명을 다하고 돌아가면 그뿐이었다. 자신의 엄마가 엄마의 사명을 다하고 있는 것인지 여자가 알 수 있는 것은 없었고, 다른 엄마들이 자신의 사명을 어떤 방식으로 다하고 있는지 여자가 알았다고도 할 수 없었지만 말이다. 여자의 엄마가 지닌 사명은 초코슈 대신 슈크림을 사오는 것이었으며 외로울 때마다 머리를 감겨달라고 하는 것이었다. 그뿐이었다.

엄마는 외로울 때마다 여자에게 머리를 감겨달라고 했다. 욕조에 머리를 기대고 눈을 감은 채 엄마는 한 번 더,라고 말했다. 한 번이 두 번이 되고 두 번은 네 번이 되었지만 엄마는 일어날 생각을 하지 않았다. 하지만 한 번이 두 번이 되고 두 번이 네 번이 될수록 샴푸 거품은 더 빨리, 금세 일어났다. 엄마는 외로울 때마다 여자에게 머리를 감겨달라고 했다. 외로우니까,라고 했다. 엄마의 외로움이 깊어지면서부터 여자의 손은 주부습진을 앓기 시작했다. 여자는 손가락에 기포가 올라올 때마다 쥐어뜯었다. 살점이 뜯긴 자리에 딱지가 앉으면 그 딱지를 또 잡아 뜯었다. 여자의 손에서 피가 나고 그치고 딱지가 생기고 뜯기고가 반복됐다. 여자의 손은 점점 나무 껍질을 닮아갔고 트렁크는 자신의 손잡이에 여자의 손이 닿을 때마다 소스라치게 놀랐다. 트렁크는 여자의 엄마가 외롭지 않거나 조금이라도 덜 외롭거나 그것이 불가능하다면 차라리 죽는 편이 낫지 않을까 생각했다. 트렁크에게도 여자의 엄마는 외로울 때마다 머리를 감겨달라고 하는 존재일 뿐이었다. 그것은 존재의 이유가 될 수 없었으나 존재하지 않을 이유는 될 수 있었다. 시간이 흐른 후 여자의 생각도 다르지 않았다는 걸 알게 됐을 때, 그러나 트렁크는 속 깊은 곳에 있던 고요가 밀려 나가는 것을 느꼈다.

여자가 막 출판사를 지났다. 여자는 방에 쌓인 책 어디에서도 저 출판사의 이름을 본 적이 없었다. 출판사들은 너무 많았고 자주 망했고 또 생겨났다. 그런데도 한곳에 오래 버티고 있는 것을 보면 사장에게 돈이 많은 모양이라고 여자는 생각했다. 수완이 좋든지 어쩌면 돈 같은 것엔 관심이 없는 것인지도 몰랐다. 여자가 출판사를 지나쳐 놀이터 안으로 들어간다. 놀이터는 언제나처럼 텅 비어 있다. 텅 빈 놀이터를 웃자란 풀과 벚나무와 칠이 다 벗겨진 미끄럼틀과 그네와 시소가 지키고 있다. 미끄럼틀과 그네와 시소는 멈춘 지 오래다. 놀이터를 텅 비워둔 채 아이들은 사라졌고 어디론가 사라진 아이들은 어딘가에서 분주히 어른이 되고 있었다.

여자는 잠시 벤치에 앉았다가, 벤치 밑에 떨어져 있는 은행잎을 내려다보다가, 가라앉기 시작한 하늘을 올려다보다가, 어제를 떠올렸다. 그제일 수도 있고 엊그제일 수도 있는 어떤 날을 떠올렸다. 소용없는 줄 알면서도 그렇게 했다. 어제는 무엇이었는지 그제는, 엊그제는 또 무엇이었는지, 시간이라는 게 그 안에서 어떤 작용을 하는지, 움직이고나 있는 것인지 여자는 알지 못했다. 시간이란 게 존재는 하나? 여자의 엄마는 자주 말했다. 그렇게 말하다가 죽었다. 여자의 엄마가, 엄마의 외로움이 죽었으니 여자의 주부습진도 죽어야 마땅했지만 여자는 살을 쥐어뜯고 딱지를 만들고 그 딱지를 잡아 뜯는 일을 반복했다. 욕조 가득 물을 받아 샴푸를 풀고 그 안에 손을 집어넣은 채 앉아 있기도 했다. 한 시간이 두 시간이 되고 두 시간이 네 시간이 될 때까지 여자는 움직이지 않았다. 덕분에 여자의 손가락뿐만 아니라 손등도 나무껍질을 닮아갔다.

트렁크는 여자가 나무가 되는 상상을 했다. 그런 상상을 할 때마다 슬펐지만 기꺼이 슬픔을 맞아들였고 그렇게 슬픔 속에 놓여 있다 보면 슬그머니 즐거워지고는 했다. 사람의 몸이 나무가 되는 일은 동화 속에서나 가능했다. 동화가 현실이 되는 것은 신기한 일이니까 여자가 나무가 되는 상상만 해도 즐거웠다. 그렇다고 또 마냥 즐겁기만 한 것은 아니었다. 여자의 손가락이 손바닥이 손등이 딱지를 뜯기고 피를 흘릴 때마다 트렁크는 인상을 찌푸려야 했는데 여자의 손가락이 손바닥이 손등이 불행한 것과는 별개로 그것을 보는 일은 어쨌거나 불편하고 난감한 일이었다. 트렁크는 여자가 딱지 뜯는 일을 멈추었으면 좋겠다는 바람과 그 일을 지속해 나무가 되었으면 좋겠다는 바람 사이에서 고심했다. 둘 다 되어도 좋았으나 둘 다 되지 않는다면 슬플 것 같았다. 트렁크는 자신을 쥐고 있는 여자의 거칫거칫한 손을 느끼며 두 가지 바람 사이에서 고심하며 여자를 따라 털털대며 툴툴대며 굴러간다.

놀이터를 지나 커브를 돌자마자 길게 줄지어 서 있는 사람들을 만난다. 아이스크림을 사려는 사람들이다. 소프트아이스크림에 벌집 한 조각을 얹어준다는데 값이 비싼데도 줄은 줄어들 생각을 하지 않았다. 여자는 무언가를 먹기 위해 줄서는 행위를 이해하기 어려웠다. 멍청하고 바보 같아 보였다. 사람들은 늘 줄을 섰다. 새로 출시된 스마트폰을 사기 위해 줄을 섰고 클럽에 가기 위해 줄을 섰고 세일하는 물건을 사기 위해 줄을 섰다. 줄을 서기 위해 태어난 사람들 같았다. 줄을 만든 가게들은 늘 호황을 누렸으나 아침이면 사라져버렸고 줄을 만들지 못한 가게들은 늘 불황에 시달려 아침이면 자취를 감추었다. 아이스크림 가게가 들어서기 전에 저곳엔 대패삼겹살집이 있었고 대패삼겹살집 이전에는 불닭집이 있었고 불닭집 이전에는 조개구이집이 있었다. 건물은 유행에 따라 옷을 바꿔 입었고 유행은 점차 짧아졌다. 여자는 아이스크림 가게에 잠깐 눈길을 주었다가 저마다 스마트폰을 들고 스마트하게 서 있는 사람들 사이를 뚫고 나간다. 건물들은 유행에 따라 옷을 바꿔 입었고 유행은 점차 짧아졌지만 여자가 가려는 곳은 몇 년째 자리를 지키고 있다. 몇 년째일 수도 있었고 몇십 년일 수도 있었다. 트렁크는 여자에게 끌려 사람들 사이를 뚫고 호텔로 들어선다.

여자의 기억 속에서 호텔은 조용히 낡아갔다. 간판은 녹이 슬었고 물길이 외벽 곳곳에 자국을 남겼고 계단 귀퉁이가 떨어져 나갔다. 그러나 지하엔 사우나와 커피숍과 편의점을 갖추고 있었고 룸서비스도 가능했으며 무엇보다 정결했다. 프런트데스크를 지키고 있던 남자가 눈인사를 한다. 그리고 언제나처럼 613호 맞습니까?라고 묻는다. 여자는 말없이 신용카드를 내밀고 사인을 하고 카드와 키를 넘겨받은 후 엘리베이터 쪽으로 걸음을 옮긴다. 남자는 눈에 두드러지게는 아니지만 어쩌면 그 이상으로, 이상한 방식으로 여자에게 호감을 드러냈다.

오늘도 오십니까? 613호를 비워둘까 해서 전화드렸습니다. 여자가 빠지지 않고 매주 호텔에 들른 지 석 달째 되는 날이었다. 난데없는 전화에 여자는 당황했고 프런트데스크의 남자를 떠올리려 애썼으나 아무래도 남자의 얼굴이 떠오르지 않았다. 사람을 눈여겨보지 않는 데다 눈길을 붙잡기에 남자의 얼굴에는 이렇다 할 특징이 없었다. 보통의 피부색에 보통의 눈매에 보통의 코에 보통의 입, 키도 보통이었고 체구도 보통이었다. 온통 보통인 남자를 보통 사람들 속에서 떠올리기란 쉬운 일이 아니었다. 여자는 남자의 전화가 당황스러웠던 만큼 불쾌했고 불쾌의 크기와 맞먹을 정도로 불안했다. 그날 바로 전화번호를 바꿨다. 하지만 호텔은 바꾸지 않았다. 해코지를 당할 수도 있었으나 그런 게 문제 되지는 않았다. 사람들은 모두 외로웠고 모두 외로워하다가 죽을 테니까. 타인의 외로움이 자신의 삶 속으로 들어오는 짓만 하지 않는다면 어찌 되든 상관없다고, 여자는 생각했다.

트렁크는 여자의 손에 매달려, 여자를 쳐다보느라 목을 뺀 남자를 쳐다보며, 여자를 따라 엘리베이터를 탄다. 엘리베이터는 1층에서 2층으로 다시 3층으로 올라가고 여자는 고개를 들어 층수가 바뀌는 것을 보고 있다. 트렁크는 그런 여자를 바라보며 사람의 호의를 호의로 받아들이지 못하는 여자에 대해 생각한다. 안타까움 같은, 안쓰러움 같은, 답답함 같은 감정들이 차오른다. 하지만 여자의 행동이 여자만의 문제는 아닐 터였다. 이 세상은 일어나지 말아야 할 일들이 일어나고 상상도 할 수 없는 일들이 일어나고 해서는 안 될 일들이 일어나는 곳이니까. 어쨌거나 여자는 사람들로부터 동떨어져 혼자 존재하고 싶어 하는 것 같았고 그렇게 되어가는 일에 안도를 느끼는 것 같았다.

여자가 613호 안으로 들어선다. 다른 때와 마찬가지로 테이블 위엔 머핀과 커피가 가지런히 놓여 있다. 여자는 다른 때와 마찬가지로 머핀과 커피를 휴지통에 쓸어 넣는다. 휴지통엔 일주일마다 타르트와 쇼콜라와 치즈케이크와 찹쌀떡과 경단과 화전과 음료수 따위들이 손도 타지 않은 채 버려졌다. 여자가 엄마를 잊는 유일한 하루, 엄마뿐 아니라 다른 어떤 것도 기억하고 싶지 않은 하루. 자신 아닌 다른 것은 모두 쓰레기통에 처박는 하루. 프런트데스크의 남자가 알게 되면 어떤 표정을 지을까. 그래도 여전히 테이블 위를 채워놓으려나. 생각에 잠겨 있던 트렁크를 여자가 테이블 위에 올려놓는다. 지퍼를 열고 익숙한 손놀림으로 버블바를 꺼내 든 채 욕실로 간다. 욕조에 버블바를 으깨 넣고 물을 틀고. 버블바가 녹으면서 거품이 올라온다. 여자는 욕조에 걸터앉아 물을 휘젓는다. 욕조 가장자리에서 보글거리던 거품이 중앙으로 몰려들면 욕조 바닥은 금세 어두워질 것이다. 여자는 그 모습을 한동안 더 바라보다가 욕실에서 나올 것이고 트렁크에서 트레이를 꺼내 그 위에 스킨과 로션, 선크림과 빗, 손톱깎이와 손톱줄, 네일리무버와 매니큐어를 보기 좋게 정돈할 것이다. 서랍을 열고 드라이어와 속옷과 잠옷과 여벌의 옷을 넣은 후 다시 욕실로 가 치약과 칫솔, 샴푸와 여성청결제, 클렌징크림과 클렌징숍과 보디클렌저와 보디크림을, 늘 두던 장소에 익숙하게 올려놓은 뒤 옷을 벗고.

여자의 엄마는 외로워하다가 죽었다. 외로움은 엄마의 사명이었다. 엄마는 처음부터 외롭고 끝까지 외로웠다. 그렇게 외로워하다가 죽었다. 엄마에게 남편이 있었다고 해도 다르지 않았을 거라고 여자는 생각했다. 엄마 말에 의하면 여자의 아빠는 대학교수였다가 소설가였다가 부랑아였다가 외판원이었다가 여행지에서 만나 하룻밤 뜨겁게 사랑한 남자였다. 둘은 목숨을 내어놓을 정도까지는 아니라 해도 다른 사람들이 으레 말하듯 사랑하는 사이였고 결혼을 앞두고 있었다. 그런데 결혼 전날 대학교수였다가 소설가였다가 부랑아였다가 외판원이었다가 여행지에서 만나 하룻밤 뜨겹게 사랑한 남자가 사라졌다. 여자는 엄마의 배 속에서 이미 7개월을 살았고 부지런히 어른이 되어가던 중이었다. 엄마의 부모가 입양을 결정했다는 것도, 엄마가 큰 배를 감싸 쥐고 달아난 것도 모르는 채로 말이다. 이것은 아빠와 관련한 무수한 레퍼토리 중 하나였으나 그 무엇도 쓸모라고는 없었다. 드라마에서도 써먹지 못할 신파 중의 신파. 엄마가 아빠 얘기를 할 때마다 여자는 도심 속을 달리는 차들과 그 차들의 후미등을 떠올렸다. 차들은 붉은빛을 내뿜으며 쏜살같이 달아났다. 그 빛들과 함께 여자도 멀리로 되도록 더 멀리로 달아났다. 그곳에서는 엄마도 외롭지 않았고 머리를 감겨 달라는 엄마도 없었고 아빠는 처음부터 존재하지 않았다. 엄마는 외롭게 딸을 낳았고 외롭게 키웠고 외롭게 내버려두었다. 여자도 엄마에게 바라는 게 없었다. 엄마는 타인으로 하여금 아무것도 바라지 못하도록 만드는 재주가 있었다. 현미경을 대면 얼룩균처럼 보이는, 눈에 보이지 않는 것이 엄마였다. 마구 어지럽고 뒤섞이고 혼란스러워 아득해지는, 열병 든 것 같은 어떤 기운이 엄마였다. 존재하나 존재하지 않는 듯한 어떤 존재, 그런 존재에게 무언가를 바란다는 것은 우스꽝스러우니까. 여자의 엄마는 가끔 말했다. 여느 여자들처럼 살지는 않을 거야. 마지막 남은 품위는 지켜야지. 세상이 시궁창이란 건 세상을 모를 때부터 알고 있었어. 가급적 떨어져 있어야 해. 세상과 떨어져 살려던 엄마를 세상 속으로 끌어온 것은 무엇이었을까. 그 세상에서 다시 이탈하도록 만든 것은 또 무엇이었을까. 엄마를 죽인 것은 외로움이지만 그 외로움을 세포 하나하나에까지 속속들이 심은 것은 다른 데 있을 거라고, 여자는 생각했다. 엄마라는 실패, 나라는 실패, 여자는 중얼거리며 트렁크에서 트레이를 꺼낸다.

트렁크는 속을 비워낸 채 침대 옆에 자리를 잡고 여자를 관찰한다. 오늘의 틀린 그림은 무엇일까, 하고. 거품이 가득한 욕조에서 30분쯤 자다가 이를 닦고 세수를 하고 머리를 감고 샤워를 하고 아주 오래 천천히 보디크림을 바르고 스킨과 로션을 바르고 머리를 말리고 옷을 챙겨 입고 손톱을 깎고 손톱줄로 다듬고, 어느 곳에서 틀린 그림을 발견하게 될지. 여자의 손은 나무껍질 같다. 나무껍질 같은 손에 박혀 있는 손톱만은 알토란처럼 반질반질하고 매끈해서, 알토란 같은 손톱 때문에, 여자의 손이 더 거칠어 보이는 걸까. 그럴지도. 여자는 아주 오래, 천천히, 손톱을 다듬는다. 손가락에는 딱지가 굳은살처럼 앉아 있다. 손등도 마찬가지다. 여자는 딱지를 떼어내려다 말고 손톱을 마저 다듬는다. 그러고는 또 아주 오래, 천천히, 매니큐어를 바른다. 붉은색, 여자의 엄마는 외로울 때마다 머리를 감겨달라고 했다. 붉은 매니큐어를 칠하고 엄마의 머리카락에 손을 넣었을 때 엄마는 피 같구나, 했다. 한 번이 두 번이 되고 두 번이 네 번이 되었을 때, 엄마는 죽었다. 엄마는 소리를 지르지도 않았고 울지도 않았다. 얌전하게 돌아갔다.

시간은 빠르게도 느리게도 흐른다. 누구는 죽고 누구는 죽인다. 모두 외롭다. 외로움 때문에 어떤 사람은 하루 종일 울고 어떤 사람은 하루 종일 연애를 하고 어떤 사람은 쇼핑을 하고 어떤 사람은 남을 속이고 또 어떤 사람은 기꺼이 남에게 속는다. 여자의 엄마는 머리를 감겨달라고 했다. 두피가 헐어도 개의치 않았고 횟수는 점점 많아졌다. 여자의 손은 점점 나무껍질을 닮아갔지만 울지 않았다. 아파도 울지 않았다. 통증은 주로 손끝에서 시작해 어깨로 퍼지곤 했는데 고통이 어찌나 심한지 밤마다 팔을 뽑아내 흙 속에 묻는 꿈을 꾸어야 했다. 그래도 여자는 울지 않았다. 엄마의 장례 때도 울지 않았고, 엄마의 바람을 들어주지도 않았다. 여자의 엄마는 죽고 나면 조장이나 풍장을 해달라고 했다. 하늘의 새나 하늘의 바람이 자신을 데려가게 해달라고 했다. 자신의 마지막 삶이 하늘의 것이기를 바란다고 했다. 지상의 것으로 남아 있고 싶지 않다고, 자신을 이루고 있던 것들에게 자신을 남기고 싶지 않다고. 그러나 여자는 엄마를 불에 태우고 땅에 묻었다. 이로써 여자의 엄마는 자신을 이루고 있던 것들과 영원히 지상의 것으로 남았다.

여자가 매니큐어 바른 손톱을 오래도록 바라본다. 피 같구나. 딱지를 떼면 솟곤 하던, 외로워서 그래, 머리를 감겨달라고 할 때마다 엄마가 내뱉던 목소리와 똑같은 피. 손톱에서 눈을 떼고 텔레비전을 켠다. 텔레비전은 속옷과 화장품과 건강식품과 보험을 팔고 노래를 하고 춤을 추고 불륜을 저지르고 사기를 치고 폭탄을 터뜨리고 박장대소하고 법문을 읊고 회개를 한다. 똑같은 제스처를 취하는 수십 개의 채널들. 남녀가 뒤엉켜 있는 장면도 다를 게 없다. 팔이 팔을 얽고 다리가 다리를 얽고 입술이 입술을 얽은 채 무엇인가를 팔고 무엇인가를 사고 사기를 치고 사기를 당하고 폭탄이 터지고. 포갠 몸. 남자를 몸에 싣는다는 건 어떤 느낌일까. 서로가 서로의 칼집이 되어주는 것, 그것이 사랑일까. 엄마가 그렇게 외로웠던 건 사랑 때문이었을까. 사랑 아닌 것 때문이었을까. 흰머리는 슬프지도 않아, 거웃이 희끗희끗해지면 딱 그만 죽고 싶다니까. 엄마는 말했다. 엄마의 거웃. 엄마의 흰 거웃. 살 만큼 살았지 그 정도면. 창가에 선다. 도시가 움직인다. 아름답다. 고요하다. 불빛이 날고. 나도 나비가 될 수 있을까. 몸을 날려 공중을 배회하다 무사히 세상에 착지할 수 있을까. 아니면 영원히 당도하지 못할까. 영원히 도착하지 못할 지평을 갖는다는 건 어떤 느낌일까. 여자는 도시를 내려다보며 불타는 도시에서 영원히 외로울 사람들을 생각한다. 모든 존재는 외로우니까, 몸 가진 것들은 모두 슬프니까. 몸을 벗고 싶다고, 여자는 생각한다.

구름

모든 건 구름 때문이었다. 그처럼 불길하면서도 그처럼 성스러워 보이는 구름을 본 적이 없었다. 그것은 거대한 저주거나 지극한 축복처럼 여겨졌다. 그렇게 느낀 것이 나만은 아니었다. 내 옆에 앉아 있던 G도 나와 똑같은 것을 느꼈다고 했다. 구름을 목격한 사람들은 모두 그처럼 말했다. 그리고 구름을 목격하지 않기란 쉽지 않았다. 구름은 그 어떤 조짐도 없이 별안간 나타났다. 각기 다른 구름들이 일정하거나 제각각인 속도로 몰려든 것이 아니라 거대한 구름이 말 그대로 급작스럽게 출현했던 것이다. 구름이 나타난 것과 동시에 사람들은 모두 속도를 잃었다. 걸음을 멈추었고 브레이크를 밟았다. 모두 똑같은 자세로, 그러니까 하늘을 향해 고개를 꺾고 입을 반쯤은 벌린 상태로 구름을 바라봤다. 그렇게 1분 정도의 시간이 흐르자 사람들은 정신을 차리고 일제히 셔터를 누르기 시작했다.

한강 어디께쯤이었다. 구름은 흑빛에 가까운 색을 띠며 거대한 타원의 고리를 형성하고 있었다. 반면에 뻥 뚫린 중심부로는 빛을 쏟아냈다. 빛은 소나기가 쏟아지듯 일제히 직선을 그리며 내리꽂혔다. 저녁 뉴스에 따르면 그러한 현상은 반포대교에서 성수대교에 이르기까지 광대한 범위에서 발생했다. 그러나 저녁 뉴스는 구름이 아니라 검은색 화면만 내보내야 했다. 구름이 떠 있던 한 시간가량을 카메라에 담았으나 카메라엔 아무것도 찍혀 있지 않았다는 것이다. 내 휴대폰도 마찬가지였다. 사진도 동영상도 모두 까맸다. 내 옆에 앉아 있던 G의 휴대폰도 똑같았다고 했다. 사진을 찍은 사람들은 모두 그처럼 말했다.

그날 저녁 사람들의 화제는 단연 구름이었다. 식당에서도 카페에서도 술집에서도 사람들은 구름에 대해, 찍히지 않은 사진에 대해 떠들어댔다. 무엇에 대한 징조인가를 두고 설전을 벌이다가 언성을 높이고 급기야 주먹다짐이 벌어지는 일도 다반사였다. 종말의 전조라고 하는 사람들이 가장 많았다. 돌연 나타난 것도 그렇고 구름의 형상이나 그 거대함도 그렇고 중심부에서 쏟아지던 빛줄기도 그렇거니와 자연과

학적인 현상에 불과하다면 카메라에 찍히지 않을 이유가 없다는 게 종말론자들의 요지였다. 카메라에 찍히지 않은 이유를 속 시원하게 설명하는 사람은 없었으나 종말을 부정하는 사람들은 과학적으로도 증명되지 않은 자연현상들을 예로 들어 그런 사례 중 하나에 불과한 것이라 반박했고 환경오염으로 인한 대재앙과 연관 짓기도 했다. 그다음 날도 다르지 않았다. 사람들은 구름의 출현과 그 징조를 두고 설전을 벌이다가 언성을 높였고 급기야 주먹다짐을 벌였다.

G는 이도 맞고 저도 맞고 이도 틀리고 저도 틀릴 수 있다는 입장이었다. 사실 입장을 갖고 있었다기보다는 그런 우연들이, 다른 우연들과는 다르게 매우 기이한 것이기는 하지만 세상에 꼭 한 번 나타나는 것도 아닌데 그렇게 호들갑을 떨필요가 뭐가 있겠느냐고 했다. 거대한 저주거나 지극한 축복처럼 여겨진 것은 단지 그 당시의 느낌일 뿐이라는 것이다. 하긴 남극의 파도얼음이나 영국의 크롭서클, 버뮤다 삼각지대나 고래들의 집단 자살도 설명이 불가능하기는 마찬가지였으나 그걸 가지고 주먹다짐을 하지는 않았다.

"호들갑 떨 일도 참 없다." G는 휘파람을 불며 사라졌다. 나는 G의 뒷모습을 향해 연신 손을 흔들면서 그가 사라질 때까지 골목 끝을 주시했다. 대범한 체하기는.

그다음 날에도 사람들의 화제는 구름에서 벗어나지 못했

다. 기록되지 않는 피사체가 존재한다는 사실을 사람들은 쉽게 받아들일 수 없었던 것이다. 해석되지 않는 대상에 대한 호기심과 두려움, 그것이 사람들을 흥분시켰다. 그리고 그 호기심은 어느 정도 타당했다. 그다음 주에도 그다음 주에도 또 그다음 주에도 똑같은 시간, 똑같은 장소에서 똑같은 형태의 구름이 발견됐다.

G가 결근을 한 것은 이례적인 일이었다. G는 지방대학 출신이라는 사실을 부끄러워했지만 대기업의, 그것도 핵심 부서라 할 수 있는 경영관리팀에서 근무한다는 사실에 대해서는 늘 자부심을 지니고 있었다. 회사에 대해서는 어땠는가 하면, 지방대학 출신을 채용한 것에 더해 기업의 요직에 발령을 내준 결단과 개방성에는 경외심마저 갖고 있었다. 그런 G가 무단결근을 하다니, 있을 수 없는 일이었다.

"뭐 하냐? 놀자." G의 전화는 당혹감을 넘어 의구심을 불러일으켰다.

"무슨 꿍꿍이야?" 묻지 않을 수 없었다.

"야, 백수한테 꿍꿍이를 가질 게 뭐 있냐?" 하긴 백수가 속아봤자 백수고 사기를 당해봤자 백수지 변할 건 없었다. G가 대기업의 핵심 부서에 근무하면서도 내가 명문 대학 출신이라는 점을, 말은 하지 않았지만, 부러워한다는 사실도 변함 없었다. 말하자면 나는 그냥 백수가 아니라 명문 대학 출신의 백수였다. 그리고 또 말하자면 G는 운이 좋았고 나는 지지리도 운이 나빴을 뿐이다.

G와 하루를 보내는 것은 고문에 가까웠다. G는 회사원이라는 자신의 본분에 전념하느라 놀아본 경험이 별로 없었고 백수 신분의 나로서는 놀고 싶어도 언제나 노는 데 한계가 있었기 때문이다. 대낮에 만나 밥을 먹는 것도 낯간지러웠으나 남자 둘이 영화를 보는 일은 할 짓이 못 됐다. 의자에 나란히 앉는 것까지는 참을 만했다. 그런데 어쩌다 팔이라도 닿을라치면 겸연쩍은 것을 넘어 난감해지는 것이어서 G의 반대편을 향해 가능한 멀리 몸을 뻗어야 했다. 그것은 G도 마찬가지였다. G와 나는 V 자를 그리며 엉거주춤 앉아 영화가 끝나기만을 목이 빠져라 기다렸다. 역시 G와 나는 술자리에서 만나는 것이 자연스러웠다. 영화가 끝나고 술집에 가서야 마음이 놓였다.

"그런데 웬일이냐? 네가 무단결근을 다 하고." G의 얼굴이 갑자기 어두워졌다.

"이렇게 살아도 되는 건가 싶어서."

"또 무슨 꿍꿍이야?"

G의 얼굴이 한층 더 어두워졌다. 우리는 더 이상 한마디도 나누지 않고 묵묵히 그리고 열심히 술만 들이켰다.

구름은 이제 하나의 문화상품이 되어 있었다. 구름이 뜨는 날이면 각 지방에서 관광버스가 몰려들었다. 덕분에 한강 인근의 공원 주차장은 물론이고 강변북로와 올림픽대로의 갓길도 주차장 신세를 면하지 못했다. 교통체증 때문에 서울 시민의 스트레스 지수가 높아졌고 서울 시민의 짜증으로 인해 지방민의 스트레스 지수도 덩달아 올라갔다. 와중에 서울 시는 때아닌 관광 성수기를 맞아 서울시 경제 활성화를 위해 전력을 기울였다. 갖가지 관광 상품을 개발하느라 고심했고 고심 끝에 여러 가지 관광 상품들이 쏟아졌다.

나 역시 때아닌 변화를 맞아야 했다. 10년 가까이 사귄 J가 돌연 결별을 선언했던 것이다. 농담이라고 생각했고 농담이어야만 했다. 그러나 J는 진지했다.

"이유가 뭔데?" J는 표정이라고는 할 수 없는 표정을 지으며 대답했다.

"이렇게 살아도 되는 건가 싶어서."

"너 G랑 짰냐?" J의 얼굴에 냉소가 스쳤다.

"한 번만이라도 좀 진지해질 수 없어?" 결국 그것이 우리가 나눈 마지막 대화가 되었다.

J와 헤어진 게 고통이나 슬픔이나 상심 같은 것들을 가져오진 않았다. 물론 충격적이긴 했다. 10년이었다. 이십대 초

반에 만나 삼십대 초반이 되기까지 내 인생의 황금기라고도 할 수 있는 기간을 J와 보냈다. 눈 떠도 J였고 눈 감아도 J였다. 연애 초기에는 마음이 시켜 그랬고 안정기에 접어든 후에는 습관처럼 그랬다. 그리고 J는 언제나 그림자처럼 붙어서 내 삶에 관여했다. 그것은 불편했지만 늘 불편하기만 했던 건 아니었다. 결정장애라고도 할 수 있는 우유부단에 J는 대체로 적절한 선택을 하게 도와주었다. 음식 메뉴나 옷을 고르는 일, 지하철 환승 구간을 고려해 노선을 선택하는 일 등 사소한 일에서부터 시작해 수강 과목이나 군입대 문제 등 중요하다고도 할 수 있는 일들에 J는 시의적절한 선택을 하도록 조언을 아끼지 않았다. 친구와의 술자리가 길어지거나 불규칙한 생활을 하거나 문자가 줄어들거나 의미 없는 여자들과의 의미 없는 만남에 대해 쏟아내는 잔소리가 내게는 좀더 중요하고 부당하게 여겨지기는 했지만 말이다.

10년이었다. 10년의 세월을 단지 '이렇게 살아도 되는 건가 싶어서' 끝낼 수는 없었다. 난 J가 호르몬 이상 분비로 인해 판단력을 잠시 상실했거나 감정적인 동요 상태를 겪는 것이라고 생각했다. 그러니 호르몬 분비가 정상을 회복하면 우리 관계도 정상을 찾을 수 있을 것이라고 믿었다. 전화를 놓치지 않으려고 스마트폰을 쥐고 살거나 퇴근 시간에 맞춰 J의 회사 앞에서 기다리거나 하루에 수십 통씩 문자를 보내 용서를, 무엇을 잘못했는지 모르니 당연히 무엇에 대해 용서를 구해야 할지도 몰랐을 테지만, 구하는 짓은 하지 않았다. 나는 다만 기다렸다. J의 화가 풀릴 때까지 얌전히 기다리고 있자는 게 내 계획이었다.

기다리는 동안 G를 만났다. G는 아주 간혹이기는 했으나 예전의 G에 비하면 매우 자주라고도 할 수 있을 만큼 무단결근을 했다. 그리고 토요일엔 출근하지 않았다. 입사 후부터 지금까지 줄곧 주말 근무를 자진했던 G로서는 매우 이상한 일이었다. 나는 G가 무단결근을 하는 것이 걱정됐지만 주말 휴무를 휴무답게 보내는 일에 대해서는 고무적이라고 생각했다.

"넌 여자친구 안 사귀냐?"

"여자한테 막 차인 놈에게서 들을 소리는 아닌 것 같다."

"넌 내가 여자한테 차일 놈으로 보이냐?"

"지금까지 안 차이고 버틴 게 용할 뿐이다."

우리는 둘 다 입을 다물었다. 구름이 떠올랐기 때문이다. 구름은 여전히 똑같은 시간, 똑같은 장소에서 똑같은 형태로 모습을 드러냈다. 잠시의 정적, 이어지는 셔터 소리와 탄성도 매번 똑같았다. 그런데 볼 때마다 다르게 느껴졌다. 어느 날은 공포와 두려움에 사로잡혔고 어느 날은 환희에 가득 찼다. 그리고 어느 날은 깊고 깊은 절망 때문에 숨을 쉴 수 없었고 또 어느 날은 말할 수 없이 슬픈 기분에 사로잡혔다. 그럴 때마다 사람들은 모두 핸드폰을 들어 누군가를 호출했다. 동행이 있는 사람들도 없는 사람들도 예외는 없었다. 어떤 사람들은 동공을 넓힌 채 들뜬 목소리로 횡설수설했고 어떤 사람들은 미안하다는 소리를 반복했다. 아무 말 없이 흐느끼거나 통곡을 하는 사람들도 적지 않았다. 나는 J에게 전화를 걸고 싶었다. 말할 수 없이 슬픈 기분이 들었으므로 J에게서 위안을 얻고 싶었다. 그러나 얌전히 기다리는 게 내 계획이었다. 전화를 해서는 안 되었다. 사실을 말하자면 J가 어떤 반응을 보일지 겁이 났다. 정말 무서운 건 내 말이 J를 지나쳐 사라지는 것이었다. 수화기 너머에서 넘어오는 침묵을 견딜 자신이 없었다. 그때 전화벨이 울렸다.

"저 아래 있으면 빛으로 샤워하는 기분이 들 것 같지 않냐?"

"미친놈, 옆에 있으면서 전화를 왜 하냐?" 잠깐이나마 J의 전화가 아닐까 했다. 해서 목소리가 더 뾰족해졌지만 전화를 끊지는 않았다.

"남들 다 하니까." G와 나 사이에 침묵이 끼어들었다. G는 말없이 나를 응시하다가 잠시 후 내게서 시선을 거두며 통화 종료 버튼을 눌렀다.

"하긴, 이것도 병이다. 남들 다 하니까, 이거."

"그래. 단독자로 살아야지. 그게 뭐냐. 찌질하게."

구름은 여전히 열려 있었다. 시커먼 구름띠를 두른 채 쏟아지는 빛을 보고 있자니 새삼 등골이 오싹했다. 나는 언제나 비일상적인 것들을 바랐다. 어느 땐 농담처럼 또 어느 땐 진담처럼, 핵폭발로 순식간에 인류가 떼죽음을 당하거나 빙하시대가 열리거나 행성과 충돌해 지구가 바스라지거나, 대부분 그것은 인류 멸망과 관련된 것이었다. 돌이켜보면 삶이나 죽음에 대해 진지하게 생각해본 적이 없었던 것 같다. 내 의지와 무관하게 태어난 것처럼 죽음도 내 의지에 따라 선택할 수 있는 영역이 아니었으므로 하루하루를 살다 가면 그뿐이었다. 죽음 너머의 세계에 대해서도 생각해본 적이 없었다. 그러니 두려움이나 기대 또한 있을 리 없었다. 그런데 새삼 등골이 오싹했다. 그것은 분명 생에 대한 미련과 죽음이라는 미지의 것에 대한 불안과 맞물려 있었다.

"야, 이러다 정말 싹 다 죽는 거 아냐?"

"너 지금 가장 하고 싶은 게 뭐냐? 아님 누가 제일 생각나냐?"

"J랑 섹스하고 싶다. 넌?"

"난 백만 명의 여자와 섹스하고 싶다." 미친놈. 그날부터 G는 백만 명의 여자와 섹스하는 일에 전념했다.

212

사건 사고가 끊이지 않았다. 환경미화원이 쓰레기봉투에서 숨겨 있는 신생아를 발견했고 이십대 부부의 방에서는 죽은 지 몇 달이나 지난 아이의 시체가 발견됐다. 부부가 아이의 피를 모두 뽑아내 발견 당시 아이는 이미 말라붙은 상태였다고 한다. 가출한 소녀들은 몸을 팔았고 소녀의 몸을 산 사내는 미성년자인지 몰랐다고 잡아뗐다. 길거리에서 시비가 붙는 일은 물론이고 절도와 상해 발생률도 급증했다. 하지만 자살률 증가를 따라가지는 못했다. 어쩌면 자살은 우리가 자발적으로 선택할 수 있는 것들 중 유일하게 신성을 띠고 있는 것일지도 모르겠다는 생각이 들었다.

탄생과 죽음이라는, 인생에 있어 가장 격렬한 사건은 타의에 의해 결정된다. 남녀의 노골적인 환락의 밤이나 사랑이라는 이름으로 치장한 생산의 밤에 우리는 잉태된다. 그리고 하늘에서 내려온 거대한 손이 우리를 죽음으로 인도한다. 인간은 자신의 생에 있어 가장 큰 사건에서는 언제나 소외된 채 존재했던 것이다. 그 중간의 사소하고 남루한 생의 업적들만이 우리의 것이다. 가지 않은 길에 대한 미련을 붙든 채 해야만 하는 자의적 또는 자발적 선택들. 그러나 그것이 인간을 그들만의 네버랜드로 이끌 확률은 얼마나 될까. 인간이 보다 높은 영적인 삶을 추구하는 존재라는 건 새빨간 거짓말이다. 인간의 관념들, 예컨대 철학이나 명성, 시나 사랑 따위는 육체를 만족시키기 위한 대리인에 불과하다. 식도와 위, 대장과 항문, 남근과 질을 위한 에이전트. 자신들이 거대한 입과 항문에 복속된 보잘것없는 존재라는 사실을 숨기기 위해 철학을, 시를, 음악을 탄생시킨 것이다. 말하자면 문화는 자신에게 성난, 물어뜯는 이빨인 셈이다. 그러니 인간이 순수성과 신성을 회복하기 위해서는 스스로의 의지에 의해 죽음을 선택해야만 하는 건 아닐까. 어쩌면 가장 이상적인 죽음은 스스로를 살해하는 것일지도 모르겠다. 부조리하고 환멸로 가득 찬 세계로부터 나를 구원하는 것. 그런데 내가 자살할 경우 시체는 누가 거둘 것인가.

자살이라는, 현실적 문제이면서도 현실을 초월하는 문제에 대해 진지하게 고민해본 것은 아니었다. 다만 최근에 부쩍 존재의 질서가 엉망이 되는 느낌에 사로잡혀 있었고 무엇인지는 모르겠으나 매우, 그리고 항상 고통스러웠다. 마치 내 몸이 공명통이 된 것만 같았다. 세계의 고통을 쓸어 담아 둥둥 울리고 쉴잖고 울어대는 듯했다. 고통은 내게 살아 있음을 자각하게 만들었으나 역설적으로 살아 있다는 것의 비의를 알려주는 역할에도 충실했다.

여자와 섹스한 날이면 G는 늘 내 방에서 자고 갔다.

"나이 든 여자의 질은 건조해." 섹스라고는 처음 해보는 것처럼 G는 모든 것에 대해 새삼스럽게 얘기했다. 나 역시 새삼스럽지도 않은 얘기를 새삼스럽게 듣는 데 집중했다.

"질에 쏠려서 그게 얼얼해지는데 그럴 때마다 이상한 느낌이 드는 거야."

"어떤 느낌?"

"어머니……"

"어머니?"

"응, 어머니. 나온 곳으로 다시 들어가는 느낌." G는 고개를 숙여 자신의 사타구니를 물끄러미 내려다보다가 말을 이었다.

"죄책감하고는 좀 다른데…… 나란 존재가 무한히 팽창하는 느낌이 들면서 더없이 평온한데…… 그러다 한순간 내가 쪼그라 붙으면서 무섭고, 착잡해지는 거야. 끝없이 외롭고 고독하고. 깊은 갱도 속으로 추락하는 것 같달까."

"거기가 갱도긴 하지."

"물이 아주 많은 여자도 있어. 생리를 하는 건 아닐까 싶을 정도로 밑이 흠씬 젖어. 속은 뜨겁게 불타오르고. 그 안에 들어가면 마치 산 채로 화장당하는 것 같아. 몸서리를 치면서 거기서 빠져나오려고 하는데, 그런데, 내 몸은 자꾸 불 속으로 뛰어들어. 물과 불이 번갈아 내 몸을 채찍질하면서 기어코 나를 내게서 떼내는 거지."

"섹스하면서 아주 도를 닦는구나."

"어린 여자도 있어. 꽃잎 같아서 만질 때마다 문드러질까 봐 조심스러워. 그런데 하다 보면 분노가 치미는 거야. 반쯤 만 뜬 눈도, 입에서 풍기는 단내도, 공깃돌 같은 젖가슴도, 모두 다 구역질이 나서 참을 수 없어지는 거야. 울분이 터져. 육체라는 거, 그 빤한 욕망의 공식들이 권태롭고 혐오스러워지는 거야."

"그런 기분이 들면 사정도 안 되지 않냐?"

"안 했지. 안 되는 건 아니고."

"그래도 흥분이 된다고?"

"응. 미친놈이지."

G는 섹스를 하면 할수록 자신이 두려워졌다고 했다. 여자의 반쯤만 뜬 눈을 보면, 입에서 풍기는 단내를 맡으면, 공깃돌 같은 젖가슴을 주무르다 보면, 눈이고 입이고 젖가슴이고 할 것 없이 함부로 주먹을 내지르고 싶어졌다고 했다. 정액을 분출하려는 욕망이 커지고, 그럴수록 주먹을 내지르고 싶은 욕망도 비대해져서 섹스를 멈출 수밖에 없었다고 했다. 나를 터뜨림으로써 한 여자를, 한 존재를 완벽하게 사멸시켜버리고 싶은 욕망, 이전에는 가져보지 못했던 욕망이 자신을 휘둘러서 단 1초라도 그 자리에 머물 수 없었다고 했다.

나는 그것을 참지 못했다. 욕망은 J를 향한 것이 아니라 나를 향한 것이었으나 어쨌든 그것은 J를 향한 폭력으로 나타났다. 무능력, 안일함, 사회부적응, 낙관과 비관, 패배, 이런 낱말들이 숨통을 조여왔다. 나는 분명 나를 망가뜨리고 싶었다. 그런데 엉뚱하게도 난 내 곁에 있는, 한결같이 내 옆에 머물고 있는, 그러면서도 나를 조롱하고 조소하는, 것 같은 J를 향해 주먹을 휘둘렀다. 그 일은 단 한 번 일어났으나 J의 온몸에 푸른 멍을 일으킨 것처럼 그녀의 생에 심각한 균열을 만들었다. 나는 J를 떠나고 싶었고 J는 떠나지 않았다. 나는 J를 떠나고 싶지 않았고 J는 떠났다. 나는 아무것도 할 수 없었다.

G의 얘기에 집중할수록 고통스러웠다. 그냥 모든 게 슬프고 서럽고 고통스러웠다.

"무정한 년."

"이렇게 살아도 좋은 걸까."

G와 나는 각자의 생각과 각자의 고통과 각자의 말 속에서 허우적거리며 밤새 울었다.

J에게서는 여전히 연락이 없었다. 슬슬 불안해지기 시작했다. 불안감은 오래전에 시작되었으나 J와 관련해서는 이번이 처음이었다. J는 언제나 내 곁에 붙어 있었으므로 그리고 내가 J를 사랑하거나 내가 나를 사랑하는 것보다 J가 나를 사

랑하는 무게가 언제나 컸으므로 그녀가 나를 떠나는 일에 대해서는, 나를 떠날 수 있을 것이라고는 상상도 하지 못했던 것이다.

"J가 전화를 안 해."

"네가 해."

"얌전히 기다리는 게 내 계획이거든."

"그럼 얌전히 기다려."

"……"

"바람이 없다는 것은 이미 바람의 존재를 전제하고 있다는 거야. 그러니까 무는 존재 기생적이지."

G와는 의논이란 걸 할 수 없었다. 대화를 이어가는 것조차 수월하지 않았다. G의 말을 이해할 수 없는 것은 아니었다. 존재는 부재의 상황에서 언제나 초과의 형식으로 제시되는 법이니까. 그런데 내게 필요한 것은 그따위 현학적인 수사들이 아니라 실제적인 조언이었다. 어떤 내용의 문자를 보내라든가 무작정 잘못했다고 빌라든가 선물 공세를 펼치라든가 하는 것들 말이다. 그리고 내겐 실제적으로 J가 필요했다. 밤이 외로웠다. 밤만 되면 미칠 것 같았다. 끝이지 않은 몸통을 지닌 짐승처럼 밤이 길었다. 내가 수천 번 드나든 적이 있는 그 길을, 그 미끄럽고 뜨거운, 근육을 수축할 때마다 내 전존재가 기를 쓰고 빨려 들어가고자 몸부림치던 그 길을

만나고 싶었다. 내 등뼈를 어루만지고 누르던 그 손, 사타구니를 지그시 파고들던 그 손, 음경을 감싸 쥐던 그 손에 또다시 잡히고 싶었다. 그 굴곡, 산책을 나서듯, 지형을 탐색하듯, 눈을 감고 따라가면 만나곤 하던, 물컹거리거나 단단한 그 굴곡을 또다시 찾아 나서고 싶었다. 내 성기 끝에서 움찔거리던 목젖은 또 어찌할 것인가.

J의 방도 그리웠다. J의 방은, J의 몸이 그러했던 것처럼, 목단향을 풍겼다. 여름이면 아사면으로 만든 흰 시트가, 겨울이면 붉은색 타탄체크 시트가 깔린 침대에서도 목단향이 풍겼다. 목단향은 J의 방에서 시간을 거둬갔고 나 역시 J의 방에서 시간을 죽였다. 바람이 불 때마다 커튼이 팔랑거렸다. 그리고 팔랑거리는 커튼 사이로 들어온 빛줄기가 애벌레처럼 꼼지락댔다. 그럴 때마다 J는 빛을 잡기 위해 허공으로 손을 뻗었다. 가늘고 흰 손가락이 허공에서 춤을 추었다. 테이블, 등나무 줄기로 얼기설기 엮어 만든 흰색 테이블, 때로는 다기가 때로는 커피잔이 때로는 갖가지 음식이 놓이곤 했던 테이블은 또 어찌할 것인가.

냉담한 침묵, 언제부턴가 J는 침묵으로 인해 방이 팽창하는 것 같다고 말했다. 빈 곳이 헤아릴 수 없이 증식하는 것 같다고도 말했다. 나는 그런 J가 유난스러웠다. 10년이었다. 우리 사이에 더 이상 나눌 말이 존재할 것이라고는 생각할 수 없었다. 지금 뭐 해? 누구랑 있어? 언제 들어가? 질문들은 나를 번거롭게만 만들 뿐이었다. 내밀함 없이, 습관적으로 맞닿아 있는 순간들의 연속이라는 생각만 들게 했다. J의 그런 질문들이 우리 관계를 부식하게 만드는 거라고, 그렇게 생각했다. 나의 침묵은 온전히 J 탓이었다.

"전화를 해야 할까?"

"그녀의 세계에 들어가기 위해서는 네 세계를 일정 부분 포기해야 해. 네 세계란 게 있다면 말이지만."

G와는 의논이 되지 않았지만 G는 가끔 쓸모 있다고도 할 수 있는 말들을 뱉어냈다. 그런데 늘 끝이 좋지 않았다. 네 세계란 게 있다면,이라니. 자신의 세계를 지니지 않은 사람이 어디 있다고. 그것이 아무리 사소하고 소소한 것이라 할지라도 모든 사람은 자신의 세계를 지니고 있는 법이다. 그런데도 풀이 죽었다. G의 말을 반박할 여지가 없었다. 내 세계는 명문 대학과 예쁜 여자친구에 속해 있었다. 그러나 백수 6년 차에 명문 대학 출신 운운하는 것도 우스꽝스러웠고 예쁜 여자친구는 두 달째 연락 두절 상태였다. 내 세계가 나를 떠난 것이다.

내 세계가 나를 떠난 반면 G는 자신만의 세계로 침잠한 것 같았다. 점점 엉뚱한 말들을 떠들어댔다. 엉뚱한 말을 떠들면서 대기업의 핵심 부서라 할 수 있는 경영관리팀에 사표를 던졌다. 백만 명의 여자와 만나는 일도 관뒀다. 그러고는 방에 처박혀 해가 질 때까지 나오지 않았다. 나 역시 대낮엔 움직이지 않았다. 낮엔 자고 밤엔 움직였다. 쏟아지는 햇빛은 사람을 부끄럽게 만드는 구석이 있었다. 걸음걸이도 부자연스러워지고 걷고 있자면 자꾸 고개가 숙여졌다. 사람들의 눈빛 역시 화살촉 같았다. 쏘아보고, 와서 박혔다.

"집에선 뭐라고 안 하나?"

"하지."

"그래서 뭐라고 했냐?"

"아무 말도 안 했다."

아무 말도 안 한 게 아니라 할 수가 없었을 것이다. 당장 월세는 어떻게 해결할 것이고 부모님께 보내드리는 생활비는 또 어찌할 것인지 내가 다 답답했다. 하지만 G는 내색하지 않았다. 아니 아예 신경을 쓰지 않는 것처럼 보였다.

"내 방에 얼룩이 있더라. 쥐오줌 같은 거."

"얼룩 없는 집이 어딨냐?"

"금도 갔더라구. 아주 미세하긴 하지만."

"금 안 간 집이 어딨냐?"

"내 말은 보이지 않았던 것들이 보이기 시작했다는 거야."

"하루 종일 집에 처박혀서 하는 짓이 얼룩 찾고 금 찾고 그러는 거냐?"

"너하고는 단 1분도 대화란 걸 할 수가 없구나."

G는 입을 다물었다. 나도 입을 다물었다. 기분이 나쁜 것까지는 아니었으나 무언가 신경을 긁는 부분은 분명 있었다. G의 말을 납득하지 못했던 게 아니다. 자신의 세계에 집중하면 오히려 밖이 환하게 들여다보이는 법이다. 그런데 자신의 세계에 집중하더라도 대부분의 사람들은 밖을 들여다보지 못한다. 제대로 보기 위해서는 그곳에서 나를 제거해야만 하는데 나는 내 세계에 속한 존재일뿐더러 밖의 세계에 속한 존재이기도 한 탓이다. 밖의 끌어당김으로 인해 나와 밖은 자주 한통속이 된다. 제대로 밖을 볼 수 없다.

머리가 점점 무거워졌다. 좋이 30킬로그램은 될 것 같았다. 의자 위에 머리를 얹은 채 물구나무를 서고 있는 편이 나을 듯싶었다. 그리고 두통. 압착기 속에서 짓눌리는 듯한 두통. 무엇인가가 거침없이 쪼아대는 듯한 두통. 고통은 쓰라리고 냉소는 우스꽝스러웠다. 이상한 단어들이 이상한 조합으로 머리를 가득 메웠다. 미지의 그리움, 내 안에 들어찬 불모, 삶을 위한 최소한의 기교도 가르치지 않는 우울, 압도적인 혼수상태, 접근 시 발포함, 이런 말들. 아무래도 말이 뇌벽을 긁어 두통을 일으키는 것 같았다.

"주인이 죽으면 굶주린 개가 주인의 살을 뜯어 먹는대."

"뚱딴지같은 소리 좀 그만해라."

"내 몸을 개들이 찢어발기고 짓이기고 그래서 내장이 튀어나와 온 방에 구불구불 길을 내기 전에 내 시체를 찾아낼 사람이 과연 있을까?"

"넌 개 안 키우잖아. 뭘 찢어발겨. 푹푹 썩기나 하겠지."

"개에게 뜯어 먹히는 것도 나쁘지 않을 것 같아. 조장이나 풍장하고 다를 게 없잖아. 하얀 뼈들만 남아서 더 이상 흉측한 몰골이 아닐 때 누군가 찾아내는 것도 나쁘지 않겠지." G는 점점 엉뚱한 소리만 해댔다.

"헛소리 그만하고, 구름이나 보러 갈래?"

"내일인가……"

"갈래?"

"봐서."

G와 나는 입을 다물고 줄곧 앞만 쳐다봤다. 바라보는 것이 무엇인지 서로 모른 채로 그렇게 얼마간 앉아 있다가 헤어졌다. 잘 가라는 인사도 없이.

침대에 누워서도 한참 동안이나 잠이 오지 않았다. 깜깜했고 고요했다. 새벽녘의 고요는 두려움을 자아냈다. 가늠할 수 없을 만치의 깊이로 다가오는 쓸쓸함과 몹쓸 상념들. 라디오를 켰다. 한 곡이 끝나고 두 곡, 세 곡, 그것이 끝나고도 한참이나 노래는 잊히지 않았고 되려 점점 명료해졌다. 죽어도 못 보내. 이런 찌질한 가사가 가슴에 박혀 빠지지 않다니. 결국 자리에서 일어났다. 부아가 치밀었다. 갑자기 들이닥친 열패감 때문에 코까지 먹먹해지는 기분이었다. 결국 잠은 오지 않았다. 불을 켜야겠다는 생각도 나지 않았다.

G에게 전화를 했을 때 없는 번호라는 안내 메시지만 들려왔다. 말이라도 하지, 짜식. 티셔츠와 바지를 주워 입고 G의 집으로 갔다. 구름이 뜨는 날, 사람들 들뜨는 날. 이런 날엔 평소와는 다르게 쏟아지는 대낮을 맞고 돌아다녀도 좋을 것 같았다. 발등에 시선을 고정한 채 걸었다. 움직일 때마다 운동화 끈이 나풀거렸고 그것은 나비의 움직임처럼 보였다. 여러 개의 그림자가 나를 스치고 지나갔고 정말 치고 지나가기도 했다. 고양이인지 개인지가 나를 따라오기도 했다. 세상은 여전했다. 세상은 나를 중심으로 돌아가는 게 아니었다.

"야, 문 열어."

문을 두드려도 반응이 없었다. 현관 앞에 있는 화분을 들어 올려 열쇠를 꺼냈다. 문을 열자 어둠이, 어떤 냄새처럼 밖으로 훅 끼쳤다. 어둠에 익숙해질 때까지 서 있었다. 심장박동이 빨라지고 불길한 예감에 휩싸이고, 이런 이상한 일은 일어나지 않았다. G의 방은 여전했다. 여전히 더러웠고 여전히 어수선했다. 하지만 담배 냄새는 나지 않았고 대신 방 가득 책들이 쌓여 있었다. 어떤 책들은 펼쳐진 채로 엎어져 있기도 했다. 방처럼 더럽고 어수선했다. 무언가를 해 먹은 흔적은 없었다. 그렇다고 시켜 먹은 것 같지도 않았다. 물컵만 여러 개 여기저기 뒹굴고 있을 뿐 냄비나 나무젓가락 같은 것들은 눈에 띄지 않았다. 책들을 발로 밀어내고 누웠다. 눈이 쓰라리고 백태가 낀 것처럼 뿌옜지만 잠은 오지 않았다. 더럽고 어수선한 방에서, 맹목적으로 망가지고 있다는 느낌이 들었다.

그곳은 블랙홀 같았다고 했다. 목격한 사람이나 목격하지 않은 사람이나 티브이, 라디오, 인터넷 할 것 없이 구름에 대한 보고를 쏟아냈다. 구름은 여전히 똑같은 시간, 똑같은 장소에서 똑같은 형태로 모습을 드러냈다. 잠시 정적이 흐르고 곧 셔터 소리와 탄성이 이어졌다. 구름을 보며 어떤 사람들은 공포와 두려움에 사로잡혔고 어떤 사람들은 환희에 가득 차 소리를 질러댔다. 깊고 깊은 절망 때문에 숨을 멈추거나 말할 수 없이 슬픈 기분에 사로잡혀 우는 사람들도 있었다. 그러나 모두 핸드폰을 들어 누군가를 호출했다. 통화량 증가로 통신이 마비되는 사태가 발생했다. 한강은 일순 웃고 울고 떠들고, 구름과 빛과 소음으로 둘러싸여 아수라장을 방불케 했다. 그때 누군가, 인파 속에서 뛰쳐나와 강으로 뛰어

들었다. 그리고 또 다른 한 사람. 그 이후엔 누가 먼저랄 것도 없이 사람이 사람을 밀치고 밀려나면서 강을 향해, 정확하게는 검은 구름떼가 쏟아내는 빛을 향해 몸을 날렸다. 차에 타고 있던 사람들은 핸들을 틀어 빛의 중심을 향해 가속 페달을 있는 힘껏 밟았다. 구름이 사라지기까지 행렬은 계속됐다. 마침내 구름이 사라졌을 때 사람들은 일행이 사라진 빈 곳을 바라보며 주저앉았다. 사람들이 사라진 빈 곳은 신음과 절규가 가득 채웠다. 미처 빛으로 뛰어들지 못한 경찰들은 그 틈새에서 우왕좌왕했다.

대량 자살 사태라고, 티브이와 라디오와 인터넷에서는 목격한 사람과 목격하지 않은 사람과 유가족과 사회학자와 심리학자와 병리학자와 과학자들의 인터뷰 내용과 함께 구름에 대한 보고를 쏟아냈다. 하지만 그것은 대량 자살이 아니라 대량 학살이었다. 학살의 주체가 없는 학살. 자신의 의지에 의해 선택한 죽음이 아니었다. 모든 사람들이 동일한 시간, 동일한 장소에서 동일한 의지를 갖게 될 수는 없었다. 어떻게 그런 일이 가능할 것인가.

J에게서는 여전히 연락이 없었다. 무사한지조차 묻지 않는 걸 보면 J와 나는 끝내 끝난 것 같았다. J는 이제 광적인 집착과 애무로 내 몸을 녹여주지도 않았고 그 진동하는, 영매

적인 기질의 신비로움으로 나를 감싸주지도 않았다. J는 그저 냉소적으로, 완벽하고 깔끔하게 종말을 선언했다. 아니 어쩌면 J도 나와 똑같은 생각을 하고 있지는 않을까. 한 번도 진지한 적이 없었으면서 끝내 연락하지 않는다고, 어쩌면 J는 화를 내고 있지 않을까. 하지만 얌전히 기다리는 것이 내 계획이었고 기다리는 것이 내 본분이었으므로 먼저 전화를 하거나 J를 찾아갈 수는 없었다. J에게 해줄 수 있는 일이 없었다.

G도 집으로 돌아오지 않았다. 나는 연락하지 않는 J와 돌아오지 않는 G를 생각하며 거리를 배회했다. 을씨년스럽고 막막했다. 누군가의 내장 깊숙한 곳에 들어가 어슬렁대는 기분이 들기도 했다. 발을 뗄 때마다 거리에 떨어져 있던 정적이 느리고 처연하게 대기로 떠올랐다. 나는 그것이 움직일 때의 구슬픈 가락을 느끼며 가끔은 존재와 무 사이에 도사리고 있는 무언가를 만나기도 했다. 그것은 온전한 나이거나 나의 또 다른 나, 우주의 분진인 작고 볼품없고 그러나 자명하게 존재하는,일 수도 있었고 J거나 G일 수도, 아니면 전혀 다른 누군가일 수도 있었다. 아니 모든 게 허상일 것이었다. 나는 부단히 생각하고 부단히 움직이고 부단히 고통스러워하는데도 내 주위를 둘러싼 모든 것은 하나의 꿈, 하나의 허상에 불과할 수도 있었다. 아니 내가. 나는 꿈, 하나의 허상.

나를 증명해줄 타인의 부재가 나의 부재로 이어졌다. 나는 언제까지나 신원미상. 귀가 얼얼하도록 수다스러운, 명징한 부재.

걷는 것에 싫증이 나면 G의 집으로 갔다. 현관 앞에 있는 화분을 들어 올려 열쇠를 꺼내고 어둠이, 어떤 냄새처럼, 밖으로 훅 끼치는 걸 느끼며 방으로 들어갔다. 여전히, 심장박동이 빨라지거나 불길한 예감에 휩싸이는 일은 없었다. G의 방도 여전했다. 나는 여전히 더럽고 어수선한 G의 방에서 맥을 놓고 누워 있었다. 그리고 간혹은 G가 어질러놓은 책들을 펼쳐 '짧은 시간이나마 살아남을 수 있는 유일한 길은 자신을 모든 감정으로부터 완전히 차단시키는 길이다(에밀 뒤르켐)' '섹스는 사랑을 얻지 못할 때 가지는 위안에 불과하다(가브리엘 가르시아 마르케스)' '모든 병든 개와 모든 풋내기가 그러하듯 나는 운명 앞에서 어색하기 그지없다(심보선)' '그래서 불을 껐다. 불은 모든 생각을 너무 생생하고 사실적으로 만들어주기 때문이다(슈테판 츠바이크)'와 같은, G가 읽었을 구절들을 읽기도 했다. 그리고 사진을 찍었다. 아무것도 찍히지 않았다. 새까맸다. 아무것도 찍히지 않은, 온통 어둠뿐인 나를 나는 G의 핸드폰으로 전송했다.

사랑하는 이가 쓴다

김미정
(문학평론가)

1. 승복하지 않은 이들

1726년 출간된 조너선 스위프트의 『걸리버 여행기』 3부에는 발니바비라는 나라의 언어 연구소 풍경이 그려져 있다. 마침 걸리버가 그곳을 방문했을 때 학자들은 언어 개선에 대해 의논하고 있었다. 그들은, 말을 할 때마다 폐가 소모되고 수명이 줄어드니 사물들을 자루에 넣고 다니면서 소통이 필요할 때마다 해당 사물을 꺼내자고 주장한다. 폐에 부담도 주지 않을 뿐 아니라 세계 공용어의 역할도 할 수 있다는 이유에서였다. 이것은 당시 영국왕립학회를 풍자한 장면으로 알려져 있지만 단지 가볍게 웃고 넘길 이야기는 아닐 것 같다. 자루 안에 사물들을 가득 짊어지고 소통하자는 발상은, 말과 세계 사이의 근본적 불일치나 그에 대한 인간의 오래된 고민 모두와 관련될 것이기 때문이다. 인간이 바벨탑을 쌓아 하늘에 닿고자 하는 만용을 부리지 않았다면, 신이 좀더 너그러웠다면, 혹은 신이 말을 흩어버리는 대신 다른 벌을 택했다면 인간은 이런 고민으로부터 자유로울 수 있었을까.

한편, 말과 세계의 어긋남에 대한 이야기라면 1902년 발표된 후고 폰 호프만슈탈의 「찬도스 경의 편지」도 떠올릴 수 있다. 이 소설은 서술자의 말을 빌리자면 "문학 활동을 완전히 포기한 것에 대한 자기변명의 글"*이라고 요약할 수 있겠다. 제목에서 암시되듯 소설은 편지 형식을 띤다. 발신자는 허구 인물인 찬도스 경이고, 수신자는 프랜시스 베이컨이다. 이 편지가 1603년 8월 22일 씌어졌다는 소설 속 설정으로 보자면 수신자는 아마도 실존했던 바로 그 프랜시스 베이컨일 것이다.

찬도스 경이 문학 활동을 회의하기 시작한 것은, 문득 세계 만물이 자기만의 언어를 갖고 있다는 사실을 알아차리면서부터다. 그는 그 웅성거림 앞에서 자기가 가진 말의 무력

---

* 후고 폰 호프만스탈, 「찬도스 경의 편지」, 『호프만스탈』, 곽복록 옮김, 지식공작소, 2001, p. 116.

함을 깨닫는다. 언어로 세계를 포착하고 표현하는 것을 의심해본 바 없는 그에게 불현듯 혼란과 회의가 찾아든다. 그런데 동시에 그는 이런 말도 적는다. "자신의 내부와 주위에도 황홀하게 하는 한없는 상반 작용을 느낍니다. 이런 상반 작용을 하는 어떠한 물질 속으로도 나는 흘러 들어갈 수 있습니다. 그때에는 나의 신체가 모든 것을 해명해주는 암호로 만들어진 것 같은 기분이 듭니다. 또는 마음으로 생각한다는 것을 시작한다면, 우리는 모든 존재에 대해 예감에 넘치는 새로운 관계를 가질 수 있지 않을까 하는 느낌이 듭니다"(pp. 126~27). 즉, 찬도스 경은 말과 세계 사이의 불일치에 대해 절망만 하지 않는다. 그는 새로운 세계에 눈을 뜬 흥분과 경탄에 대해서도 이야기하는 중이다.

그때까지 그는 세계를 표현할 말들을 찾는 것에 전력해왔다. 그러나 세계 만물에 모두 자기 존재를 주장하는 고유의 말들이 깃들어 있음을 알게 되었다. 그는 그 만물의 웅성거림을 "말 못 하는 사물의 언어"라고 표현한다. 물론 이때의 '사물의 언어'는 우리가 알고 있는 그 언어가 아니다. 그렇기에 찬도스 경에게 극심한 혼돈과 분열이 찾아온 것이다. 그는 명료한 언어로 포착할 수 없는, 그러나 엄연히 실재하는 것들과 만나 비로소 어떤 해방감, 행복감을 맛보는 중이기도 한 것이다. 인간의 가청·가시 범위에 포착되지 않는 것들은 무수히 많다. 각 존재마다 자기 언어를 가지고 있으리라는 상상은 분명 소박한 공상이 아니다.

한편 이것을 17세기 근대 계몽주의자 프랜시스 베이컨에게 고백하는 소설의 설정은, 언어에 대한 고민이 다양하게 펼쳐지던 작가 호프만슈탈의 당대(20세기 전후) 사정도 떠올리게 한다. '예술이 자연을 모방하는 것이 아니라 자연이 예술을 모방한다'고 주장한 유미주의자, 인공 낙원을 예찬하던 모더니스트가 마침 이 소설과 비슷한 시기를 살았다는 사실도 새삼 정합적으로 여겨진다. 이들이 공히 무엇과 대결하고자 했는지는 분명하다. 그들은 우선 세계 만물의 웅성거림과 대결했다. 그리고 자신이 가진 말의 한계와 대결했다. 그들은 세계와 말 사이의 어긋남에 승복하지 않았다. 그리고 결국은 자신이 가진 말을 통해 다른 세계를 창조해버렸다. 그 노선과 방법은 다르지만 말이다.

2. 물러나 있던 것들이 모습을 드러내는 순간

진연주의 소설집 『나의 사랑스럽고 지긋지긋한 개들』을 앞에 두고 그들의 유구한 고민을 떠올린 까닭이 있다. 예를 들어 작품 「구름」에는 사소한 낯섦이 만드는 이 세계의 연쇄

적 균열이 그려져 있다. 어느 날 갑자기 서울의 창공에 낯선 형태의 구름이 나타났다. 구름은 분명 모두에게 목격되고 있지만 카메라에는 찍히지 않는다. 사람들은 불안하고 공포스럽다. 물론 이것은 무서운 형상이나 현상 때문이 아니다. "기록되지 않는 피사체가 존재한다는 사실"(p. 206)로 인해 그들은 우왕좌왕한다. 주인공의 일상은 얼핏 이와 무관한 듯 흘러간다. 하지만 그의 일상도 부지불식중 낯설어지고 있다. 드라마틱한 사건은 없지만, 진행되고 있는 발밑의 흔들림은 분명히 독자에게 전달된다.

인지되지만 기록할 수 없으니, 자명하다고 믿어온 스스로의 감각이 근본적으로 흔들렸을 것이다. 감각의 자명성을 확신할 수 없고 리얼리티의 윤곽이 흐려질 때 공황(恐慌)은 밀려든다. 주인공의 일상은 이와 직접적 연관성이 없는 듯 그려지지만 그럼에도 그의 신변에 일어나는 일들은 분명 낯선 구름과 인접 관계에 있다. 이때, 앞서 말한 찬도스 경의 혼란 및 분열과 「구름」 속 사람들의 집단 패닉은 얼마나 다를까. 게다가, 포착은커녕 감각할 수도 없지만 실재하는 것은 세상에 얼마나 많은가. 어쩌면 정지한(듯 보이는) 사물 너머에도 실은 알아차릴 수 없는 무수한 연속과 이행의 움직임이 있다. 엄연히 실재하지만, 이른바 현상세계에서 그것은 늘 '물러나' 있다. 이러한 근본적 어긋남에 대해서라면, 잠시 다음 비유를 참고하는 것도 도움이 될 수 있으리라.

『존재와 시간』에서 하이데거는 '존재자'와 '존재'의 차이를 설명하기 위해 '부러진 망치'를 사례로 든다. 통상 망치는 못을 박거나 강한 힘으로 물건을 부술 때 사용된다. 이러한 용도와 목적은 망치에 대한 우리의 상식이다. 하지만 하이데거에 따르면, 그러한 사고를 통해 인지되는 망치는 그저 '존재자'이다. 진짜 망치의 '존재'란 그것이 부러지거나 망가지고 난 후, 즉 도구로서의 역할을 잃었을 때 비로소 드러난다. 망치가 그 통상적 기능을 수행하기를 중지했을 때에야 그 망치의 '물러나 있고' 은폐된 무언가가 드러난다는 것이다.

소설은, 낯선 구름으로 인해 일상이 더는 제대로 작동하지 않는 상황을 잘 보여준다. 이것은 이 세계의 '물러나' 있던 '존재'가 비로소 개시될 조건이다. 현상세계에서 '물러나 있는' 이 '존재'들은 진연주 소설에서 자주 모습을 드러내며, 이 세계를 홀연 낯설게 만든다. 소설에서 그것은 문장 차원에서부터 구현된다. 예컨대 「떠도는 음악들」의 도입부에 "비가 오지 않는, 불빛이 번질거리는, 빗물이 고인, 곳을 걸었다"(p. 9)라는 문장을 보자. 이 문장의 객관적 정보는 '나는 빗물이 고인 곳을 걸었다' 정도로 요약될 수 있을 것이다. 나아가 이 상황을 온전히 전달하고자 했다면, 가령 다음과 같은 식이 되었을지 모르겠다. '비가 그쳤다. 어두운 밤이다.

길 한쪽이 움푹 패어 있다. 그곳에 빗물이 고여 있다. 도시의 불빛이 그 빗물에 비치고 있는 중이다.'

하지만 이렇게 적을 때에는, 앞서 진연주의 문장이 보여 준 그 순간성, 일종의 현현은 모두 사라져버린다. 시간이 개 입된 진술이 된다. 시간이 개입할 때 그 기록은, 제논의 역설 에서처럼 계속 한 발짝씩 늦을 수밖에 없다. 이것이 모든 재 현representation의 조건임은 말할 것도 없다. 그런데 작가는 마치 이 재현의 조건에 선선히 순응치 않으려는 듯 하나의 문장 안에 여러 개의 관형절과 문장부호를 집어넣고 어떤 순 간을 단번에 집약시킨다. 즉, "비가 오지 않는, 불빛이 번질 거리는, 빗물이 고인, 곳을 걸었다"는 문장은, '곳'이라는 한 지점에 응축된 순간적 시공간을 표현한다. 시간이 멈춘 듯 보인다. 그리고 어떤 순간의 전체상이 이 문장 안에 있다. 또 한 역설적이게도 그 순간은 섬세하게 미분(微分)되고 있다.

3. 사물을 말한다, 사물이 말한다

이 세계의 '물러나' 있던 무언가를 드러내는 작가의 방법 에 대해서라면 「울퉁불퉁한 고통」을 떠올려도 된다. 3인칭 으로 전개되는 이 소설은 "트렁크는 언제든 떠날 준비가 되어 있었다. 마음만 먹으면, 굳이 마음을 먹지 않더라도 언제고 이곳을 떠날 수 있었다"(p. 177)라고 시작한다. 지금, 소설의 발화자는 트렁크에 대해 말하고 있다. 그런데 동시에 이 문장의 초점 화자는 트렁크다. 트렁크는 단순히 서술 대상이 아니라, 의사pseudo 주체다.

관련해서 이런 문장도 보자. "트렁크는 털털거리며 여자를 따라간다. 바퀴를 굴릴 때마다 뼈마디가 튕겨 나갈 것만 같다"(p. 184). 여기에서도 "뼈마디가 튕겨 나갈 것만 같"은 느낌의 주체는 트렁크다. 인간의 관점에서는 오래되고 낡은 트렁크의 상태를 묘사한 것으로 여겨질지 모르겠다. 하지만, 저것은 엄연히 트렁크 입장에서의 진술이다. 전달되는 것은, 트렁크 스스로에게 구체적으로 감각되는 고통이다. 또한 소설은, 트렁크 입장에서 "여자가 나무가 되는 상상을"(p. 190) 한다고도 서술한다. 이 역시, 트렁크의 손잡이를 쥐고 있는 여자의 거친 손에 대한 트렁크 관점에서의 진술이다.

즉, 이 소설은 트렁크를 말하고 있지만 동시에 트렁크가 말하게 한다. 트렁크를 단지 여행용 캐리어가 아니라 '이동 시 필요한 짐을 넣을 가방'이라고 상세히 진술한다고 해도, 그것은 변함없이 인간 사고 속에서의 사전적 의미에 불과하다. 트렁크는 언제나 그것의 외부(나, 인간) 지각에 의해 구성될 뿐이다. 그런데 그러한 인식과 진술은 정작 그 트렁크와 얼마나 관련이 있을까. 우리의 시선은 언제나 트렁크의 표면만 맴돌고 있는 것 아닌가.

하지만 이 소설은 트렁크를 보는 시선의 주체=인간을 최대한 후경화한다. 그리고 설혹 불가능할지라도 트렁크 너머에 '물러나 있던' 무언가를 스스로 드러내도록 한다. 반복되는 말이겠지만, 하이데거는 사물의 도구성(목적성)에 문제가 생겼을 때 그 본래성이 드러난다고 했다. 이 독특한 서술자와 초점 화자는 분명 그 '본래성' 혹은 '존재'를 구현시킨다. 이것은 인간으로 환원될 의인화와는 거리가 있다. 앞서 말한 찬도스 경이 '말 못 하는 사물의 언어'를 기록하고자 했다면 이런 것이었을지도 모르겠다.

즉, 「울퉁불퉁한 고통」에는 사물에 대해 말하고 있는 나, 그리고 사물이 말하는 세계가 병치되어 있다. 여기에서 인간과 사물은, 주체-대상의 주박(呪縛)에서 풀려난 등가적인 존재다. 작가는, 사물을 말할 뿐 아니라 사물이 말하게 한다. 그리고 그 결과, 트렁크와 함께 이동하는 여자의 동선이 보여지고, 여자와 함께 이동하는 트렁크의 동선이 보여진다. 이런 방법을 통해 전달되는 의미 내용은 다소 소박하게 여겨질지도 모르겠다. 정해진 요일마다 트렁크를 끌고 혼자 머물 호텔을 찾아가는 여자, 그리고 엄마를 세상에서 떠나보낸 여자의 애도의 기록. 하지만 사물과 인간의 교차하는 시선을 통해 드러나는 소설 속 사연은, 그 어떤 애도의 기록보다 핍진하다. 그 사연은 요약되거나 무언가로 환원되기를 거부한다. 그리고 개별자의 사건(가령 늙음, 소멸)에 틈입했을 세계만물의 흔적을 환기시킨다. 이때 그 사건들을 둘러싼 감정은 반드시 인간 개별자의 것이 아니다. 그것은 삶과 죽음 같은 개념들의 관계로 설명할 수 없는 구체적 감각들이다. 슬픔, 외로움 등 몇몇 단어의 조합으로 설명할 수 없을 상황이 더없이 리얼하게 전달된다.

「울퉁불퉁한 고통」을 이렇게 읽으면서 내내 떠올렸던 다음과 같은 이미지가[*] 진연주 소설의 방법과 의미를 좀 더 수월하게 전달할지 모르겠다. 그림 속 타원의 이미지는 통상적인 타원과 다르

다. 이것은 한붓그리기로 그려진 그림이 아니다. 단단한 펜 끝이 긋는 무질서한 선들에 의해 비로소 어떤 형태가 갖추어지고, 그 결과 식별 가능한 타원이 만들어졌을 것이다. 즉, 일반적 소설의 스토리를 한붓그리기의 선에 비유할 수 있다면,

<hr />

[*] 브라이언 마수미, 『가상과 사건』, 정유경 옮김, 갈무리, 2016, p. 164. 본문에 적은 내용은, 마수미의 논의 맥락과는 다르지만, 진연주 소설을 만일 이미지로 표현한다면 이런 것 아닐까,라는 생각에 잠시 빌려왔다.

지금 진연주 소설의 스토리는 어떤 선들의 배치의 결과로서 드러나는 윤곽의 이미지에 비유할 수 있을 것 같다. 그 선들은 각각 자족적이고 무질서해 보이지만, 홀연 어떤 존재를 독자의 눈앞에 출현시키는 경이로움의 원천이기도 하다.

4. 아름다운 미소를 설명할 길 없으니 수다스러워질 수밖에

「아무 일도 하고 싶지 않은 아무」도 정확히 이 그림 이미지에 상응하는 소설이다. 이 소설에는 '아무'라고 지칭되는 존재와 그를 서술하는 '나'가 등장한다. 소설에서 '나'와 '아무'의 관계는 "사귄다"는 표현을 통해 암시되어 있다. 하지만, 이때의 사귀는 관계는 통상적 연애로 환원되지 않는다. 진연주의 소설에서 의미란 종종 약속된 기호를 이탈하며 비어져 나온다. 이 소설에서 확실한 것은 그 '아무'의 '손'을 잡고 싶다는 생각에 사로잡혀 있을 만큼 '나'가 '아무'에게 빠져 있다는 사실이다. 서술자 '나'는 그 '아무'를 어떻게든 전달하고 싶어 한다. 그렇기에 이 소설에는 '아무'에 대한 아무 말(=모든 말)이 적혀 있다. 이 말들은 때로는 장황하고 두서없지만 모두 '아무'에 대한 것이라는 점에서는 동일하다.

잠시 '아무'라는 말을 둘러싼 작명법도 생각해본다. 어떤

존재를 특정하지 않으면서 무언가를 지칭할 때 우리는 '아무'라는 말을 쓴다. '아무(것)도 아니다.' '아무 말도 하지 않는다.' '아무 말이나 하다.' 즉 '아무'는 특정하지 않음으로써 무엇이든 호환시킬 수 있는 말이다. 또한 '아무'는 보이지 않고 들리지 않는 것에게도 존재감을 부여하는 관형사다. 그렇다면 소설 속 '아무'는 반드시 사람으로 읽힐 필요도 없을 것이다. '아무'의 웃음에 감동받고 그 손을 잡고 싶어서 견딜수 없는 '나'가 있다는 사실만큼은 확실하지만 말이다.

앞의 그림 이미지에서처럼 이 소설 역시 무언가에 대한 다양한 이야기가 목적과 무관하게 서술된 듯하지만, 결국에는 '아무'의 윤곽이 문득 모습을 드러낸다. (소설 속 '아무'의 생각을 빌려 적자면) 적확한 말이란 결코 정해져 있는 말의 구조 속에서 찾아지고 완성될 리 없다. 우리는 종종, 사랑하는 대상에 대한 적확한 표현을 찾을 수 없어 허둥지둥한다. 말은 늘 그것에 미달한다. 그리고 바로 그 이유로 인해 우리는 종종 수다스러워진다. 인류가 만들어온 모든 이야기에도 필시 이런 사정이 깃들어 있을 것이다. 그러니 작가는 '아무'라는 말이 작은따옴표 없이 읽히기를 내심 바랐을지 모르겠다. 아무(=모두)에게 빠져 있는 '나'의 마음이 오롯이 아무(=모두)에게 닿기를 바란다는 것이, 이 소설의 트릭이어도 좋고 아니어도 좋다. '아무의 미소'를 전하고 싶은 '나'의 간절함은 적어도 한 명의 독자인 나에게만큼은 충분히 전달되었기 때문이다.

이때 소설에 인용된 다음 말(존 버거, 『아코디언 주자』의 일부분)도 어쩌면 힌트다. "일어나는 일마다 이름을 붙여 부를 수 있다면 이야기를 한다는 일은 불필요한 행위가 될 것이다. 이곳에서 일어나는 일들로 미루어 보건대 삶은 우리가 쓰는 낱말들을 초월한다고 말할 수밖에 없기 때문이다. 어떤 말인가가 결여되어 있기 마련이며 그렇기 때문에 이야기가 필요해진다"(p. 124).

5. 시간이 다시 흐를 때 서사가 시작된다

즉, 시인만 새로운 말을 찾는 존재가 아니다. 무언가에 매혹되고 사랑에 빠진 이라면 누구나 이 세계와 말 사이의 어긋남에 복수하는 심정으로 말들 사이를 배회하고 순례하며 이야기를 만들어낸다. 「우리가 아직 소년이었을 때」도 그런 까닭에서 만들어진 소설임이 확실하다. 적어도 이 소설에서 진연주는 고답파parnassiens의 후예다. 만일 아름다움에도 최상급이 존재한다면 바로 이 소설 속 인물들이 탐하던 그것 아닐까 생각된다. 이 소설의 섹슈얼리티는 오늘날 현상(현실)세계에서의 정체성 단위로 설명할 수 없다. 세속의 어떤 회로나 메커니즘(가령 여성, 남성의)과 무관한 섹슈얼리티를 우리는 어떻게 상상할 수 있을까. '퀴어하다'는 느슨한 말조차 이 소설의 장면들에는 적확지 않다.

이 소설에서 확실한 것은, 운전하던 '나'가 정체된 도로 한복판에서 사고를 목격했다는 것, 그리고 '나'는 과거 '유우'와 강렬하게 서로를 탐했던 시간을 회고하고 있다는 것 정도이다. 소설은 '나'와 '유우'에게 어떤 성별 지표도 부여하지 않는다. 또한 '나'와 '유우'의 만남의 시공간도 흐릿하다. 소설 속 '소년'은 아이도 어른도 아니고 여성도 남성도 아닌, 혹은 그 모두의 기호다. 이 '소년'을 설명하기 위해 무성(無性), 탈성화(脫性化) 같은 말을 떠올리게도 되지만 그 역시 적확지 않다.

소설 속 섹슈얼리티 묘사는 무엇에도 속박되지 않는 존재의 충만함을 전달한다. 그것은 아름다움에의 강렬한 매혹과 탐닉의 순간이다. 소설에서 그 순간은 '섬광'에 비유될 정도로 황홀하다. 서술자는 이렇게 말한다. "어떤 만남은 너무도 강렬해서 서사를 허용하지 않는 것 같다. 섬광이 펼쳐지는 한순간, 주변부는 빛으로 얼룩지고, 빛만 남아 빛 외에는 아무것도 보이지 않는 것"(p. 88) 같다. 그러므로 이 소설은 섬광을 사후적으로 기록한 이야기이기도 하다. 과연 서술자의 말처럼, 종종 강렬한 마주침의 순간은 모든 유의 서사를 불필요하게 만든다. 완전하고 충만한 시간을 누리고 있을 때 말과 글이 무용하고 불필요하다는 것은 누구에게나 체감의 영역이리라 생각한다. 모든 것이 나와 합일된 순간은 이야기가 필요치 않다. 그 시간을 경험하고(살고) 있는 순간은 굳이 설명될 필요가 없다.

하지만 이러한 섬광, 현현은 늘 찰나적이다. "멈추어라, 너 정말 아름답구나!"라고 한 파우스트의 절창이 이에 대한 탄식이었다. 그리고 이 소설 속 "나는 그 구멍에 눈을 갖다 댄 채 얼어붙었고 그렇게 영원히 얼어붙어 있기를 간절히 바랐다"(p. 87)는 진술도 같은 이유에서의 간절함을 담고 있다. 진연주와 파우스트 모두 (근대적) 시간이 내재한 폭력을 아는 이들이다. 정지시켜 붙잡아두고 싶은 그것에 매혹되는 순간은 누구에게나 있을 것이다. 하지만 그 섬광의 순간이 끝나면 곧 세속의 시간이 도래한다. 시간이 다시 흐르기 시작하면서 비로소 이야기는 시작된다. 비슷한 것을 본 찬도스 경은 쓰기를 포기하고 섬광 속으로 아예 들어가버렸다. 하지만 진연주는 무저갱의 지금-여기에 계속 남아 있기를 택한 자이다. 그리고 잠깐 맛본 완벽하고 충만한 그 시간의 기록자를 자처한다.

그러니 이 기록에는 필히 어떤 대비가 수반된다. 완벽하고 충만한 시간은 스러져가는 시간에 의해 의미가 확보된다. 젊음과 늙음, 생과 죽음, 지독한 애와 증 등의 대비도 마찬 가지 맥락에 있다. 소설집『나의 사랑스럽고 지긋지긋한 개들』전반에 걸쳐 놓여 있는 죽음 제재도, 통상적인 이미지와 사유 속 죽음 이전에 이런 대비 속에서 이해해야 한다. (특히「나의 사랑스럽고 지긋지긋한 개들」「없어야 할 것이 있게 되는 불상사」「바깥의 높이」「울퉁불퉁한 고통」에는 모두 딸의 입장에서 어머니의 죽음 이야기가 언급된다. 따라서 진연주의 소설을 모녀 서사의 계보에 두고 읽을 수도 있을 테지만, 그런 독해법은 이 소설들에 참으로 어울리지 않는다.)

가령, 진연주 소설에서 죽음은 우선 시간이 훼손시키는 세계의 결과다. 그런데 그것은 반드시 그런 의미로만 환원 되지 않는다. 죽음은, 예정된 상실을 미루면서 계속 길을 가게 하는 계기이고(「나의 사랑스럽고 지긋지긋한 개들」), 단숨에 거절하는 법과 관련된 일이며(「없어야 할 것이 있게 되는 불상사」), 스캔들이 아닌 '존재' 그 자체이고(「우리가 소년이었을 때」), 어떤 장소에 마지막 흔적을 남기는 일이며(「바깥의 높이」), 외롭게 사라지는 일(「울퉁불퉁한 고통」)이다. 강조컨대 이 소설들 속 죽음은, 요약될 수도 없고 하나의 의미로 환원될 수도 없다. 죽음과 연관될 모든 이야기는 계속 변주되고 있고, 그 무엇으로도 수렴되지 않을 각각의 의미를 거느린다. 죽음에 대한 이야기 중 가장 아름다운 한 편으로 기억될 소설에 대한, 아껴둔 이야기를 이제 해야 할 것 같다. 이것은, 산책에 관한, 애도에 관한, 약함에 관한 처연하게 아름다운 소설로 아주 오랫동안 기억될 「나의 사랑스럽고 지긋지긋한 개들」에 대한 이야기다.

6. 사랑하는 이가 쓴다

표제작 「나의 사랑스럽고 지긋지긋한 개들」에도 시선은 다양한 존재들에 나누어 할당되어 있다. 우선은, 개들의 산책 동선을 따라 '나'의 시선이 이동한다. 하지만 그것은 개들의 시선이 그리는 동선이기도 하다. 이 소설에서 병듦, 나이듦, 장애와 같은, 통상 취약한 신체 이미지는 다양한 걷기 행위로 대체·비유되어 묘사된다. 다른 진연주 소설이 그러하듯, 이 소설의 문장 역시 지시하지 않고 암시한다. 예를 들어, 소설에는 장애 있는 인물에 대한 이야기가 있지만, 그것은 결코 통상적 개념이나 정의에 의탁하지 않는다. 작가는 걸음새의 특이함만 정성껏 묘사할 뿐이다. 다음과 같이 말이다. "검은색 아노락 차림의 남자는 한자리에 서서 몸을 앞뒤로 몇 번 흔들고서야 겨우 한 걸음을 내디뎠는데 그때마다 다시

한 걸음을 되돌리는 통에 매우 힘을 내 두어 걸음을 내딛지 않는 이상 아무리 걸어도 제자리에서 벗어날 방도가 없어 보였다"(p. 42).

이것은 인물이 지닌 장애의 정보를 전달하기 위한 묘사가 결코 아니다. 그리고 이렇게 씀으로써 얻어지는 의미를 확인하는 것이 중요하다. 가령, 언어가 명료할수록 소통은 수월해진다. 하지만 그 명료함으로 인해 어떤 존재나 사건이 그 말에 가두어진다는 사실은 종종 간과된다. 하지만 앞의 문장들은, 그러한 명명의 폭력을 피하면서 무언가를 전달한다. 더구나 이러한 걸음새에 대한 묘사가 소설의 첫 문장 "난 걷는 데 재능이 없는 것 같아"(p. 33)라는 재치 있는 과장법이나, 걷는 행위에 관련된 다양한 표현들과 함께 배치될 때, 거기에는 장애의 관념이 아니라 단지 다양한 몸짓의 양태만 존재한다. 이 세계에서 장애라는 말로 이야기해온 것과는 다른 진실이 펼쳐진다. 양태는 그대로라고 하더라도, 전혀 다른 세계가 창조된다는 말이다.

한편, 소설에서 엄마는 세상을 떠난다. 늙은 개들도 아프다. 그들을 돌보던 '나'도 함께 쇠락할 것이다. 서술자는 '상실'이라는 말을 남발한다. 하지만 이것은 진실인 동시에 페이크다. 소설은 개인적 심리나 감정 상태로서의 상실감만 전하지 않는다. 소설 속 '상실'은 이 세계 모든 존재의 나이듦과 병듦과 약함과 소멸에 인접하는 기호다. 그럼에도 그 상실의 정서는 어떤 강요 없이 강력하게 독자에게 틈입한다.

사정이 이러하니 진연주의 소설을 상실, 애도와 같은 말로 쉽게 요약할 수 있겠는가. 우리 앞에 놓인 이 소설들은, 세계의 심연을 엿본 이, 그리고 그 앞에서 말의 보잘것없음을 알아차린 이의 산물이다. 그리고 더 중요하게 기억할 것은, 이것이 그 어긋남에 승복하지 않으며 자신이 가진 말로 아예 새롭게 창조한 세계라는 사실이다. 오래전 자연이 예술을 모방한다고 주장한 이들, 인공 낙원을 예찬한 이들이 상상한 세계가 지금 이런 것이지 않았을까. 세계와 말 사이 어긋남에 절망했지만 종국에는 세계와 말의 어긋남에 멋지게 복수한 이들의 자긍심에 지금 진연주의 소설들이 닿아 있는 것이다.

마지막으로,「아무 일도 하고 싶지 않은 아무」에서 '아무'의 미소에 감동받은 '나'가 그것을 설명할 길이 없어서 허둥지둥하고 수다스럽던 장면을 떠올려본다. 또한 이 책의 소설 모두를 다시 떠올려본다. 결국 모든 글이란, 매혹당하고 마음을 빼앗기고 사랑에 빠진 이의 자취일지 모른다. 삶과 죽음을 포함하여 세계 모두에 마음을 빼앗긴 이들. 그리고 그것을 어떻게든 전하지 않고는 견딜 수 없는 마음으로 가능한 한 많은 말을 그러모으기. 이때, 비판도 비난도 분노도 증오도 사실은 모두 무언가에 마음을 빼앗겨버린 이의 흔적이다.

그것에 대한 적확한 말을 찾지 못한 이들은 수다스럽다. 계속 말하고 쓴다. 그리고 그 말과 이야기가 종국에는 이곳과 다른 세계를 만들어낸다. 반복건대, 모든 쓰는 이는 사랑에 빠진 이다. 세상의 모든 수다스러운 이는 사랑하는 이다. 사랑하는 이가 결국은 쓴다. 사랑하는 이가 결국은 이긴다.

작가의 말

제주에서 나는 나의 몹쓸 버릇을 이야기했다.

제비네? 제비가 있네? 그 말이 시작이었을 것이다. 나는 제비가 낮게 활공하며 골목 끝으로 사라지던 풍경을 기억한다. 문을 열고 나갔다가 그런 모습과 마주치면 다시 들어가 우산을 들고 나섰던 일도 기억한다. 그런 날은 여지없이 비가 왔다. 몇 년 만이지? 난 제비가 다 죽은 줄 알았어. 명민한 새를 다시는 못 볼 줄 알았는데. 화산석으로 낮은 담이 둘러쳐 있는, 물웅덩이 같은 찻집에서였는데 찻집에는 묘하게 아늑하고 고적한 분위기가 감돌았고 멀지 않은 곳에서 날고 있는 제비 때문인지 고고한 기운까지 느껴졌다.

그곳에서 우리는 기억하는 것들에 대해 말하다가 기억을 수집하는 일에 대해 말하다가 또 다른 무엇을 수집하는 일에 대해 말하는 식으로 화제를 옮겨 다녔다. 난 상자를 수집해.

봉투 같은 것도. 부러 그러는 건 아니야. 그냥 버리지 못하겠
는 거지. 아니 아니, 부러 사는 건 아니고. 그런 거 있잖아. 택
배 박스나 뭐 그런 거. 당연하지. 망가진 건 나도 버린다구.
그냥 너무 튼튼해 보이거나 예쁘거나 하면 버리질 못하겠어.
그래서 쌓아놔. 더러는 물건을 넣어두기도 하고. 넣을 물건
을 찾다가 버려도 될 것을 모아두는 일이 생기기도 해. 상자
는 물건으로 가득 차고 베란다는 상자로 가득 찬 것이 내 버
릇의 현황이다. 나는 대부분 어떤 물건이 어떤 상자에 담겼
는지 모를뿐더러 상자로 인해 살아남은 물건이 어떤 것인지
도 모른다. 한 번도 상자를 열어보지 않는 것을 보면 물건들
의 쓸모란 상자를 채우는 것에 있다는 것을 부인할 수 없다.
버려야 될 것들, 버려야 할 것들을 수집하는 것. 이 정도면 나
의 버릇은 꽤나 고약하고 몹쓸 것임에 분명하다. 무슨 무슨
증후군이라고 했던 것 같은데. 그러니까 나의 버릇은 병증으
로 분류될 만한 거군.

  책을 묶으면서 여러 편의 소설을 버렸다.
  살아남은 소설들이 계속해서 잘 살아남았으면 좋겠다.

2022년 봄
진연주

수록 작품 발표 지면

떠도는 음악들 『문학들』 2017년 겨울호

나의 사랑스럽고 지긋지긋한 개들 〈문장 웹진〉 2021년 4월호

없어야 할 것이 있게 되는 불상사 『澁』 2021년 하권

우리가 아직 소년이었을 때 『The 좋은 소설』 2018년 가을호

아무 일도 하고 싶지 않은 아무 『실천문학』 2018년 여름호

바깥의 높이 『문학과사회』 2018년 겨울호

음표들의 도시 『문예중앙』 2014년 가을호(발표 시 제목 「사막」)

울퉁불퉁한 고통 『월간태백』 2018년 3월호

구름 『소설문학』 2014년 봄호(발표 시 제목 「구름의 방」)